Der silberne Schuh
Märchen aus Eifel und Ardennen

gesammelt und bearbeitet von Karl Guthausen
illustriert von Heinrich Loy

Helios

Autor und Verlag bedanken sich für die ideelle und finanzielle Unterstützung
durch Fritz Himmermann GmbH, Obergartzem
und
VR-Bank Nordeifel

Impressum

© Copyright 2001
Illustrationen: Heinrich Loy, Köln
Helios Verlags- und Buchvertriebsgesellschaft
Postfach 39 01 12, 52039 Aachen
Tel.: (02 41) 55 54 26; Fax: (02 41) 55 84 93; eMail: Helios-Verlag@t-online.de
Bitte fordern Sie beim Verlag aktuelle Informationen zu lieferbaren Titeln an.

Printed in Belgium

ISBN 3-933608-36-8

Inhaltsverzeichnis

Vorwort

Das Märchen ist eine Erzählung ohne Zeit- und Raumangabe. Es spricht in einfachster Form über die Dinge, die zu jeder Zeit im Leben des Menschen eine Bedeutung haben. Die Sage dagegen ist an Menschen und Ereignisse an bestimmten Orten gebunden und hat in der Regel einen wahren Kern. Im wissenschaftlichen Sinn kann zwischen Märchen und Sagen keine Trennung gemacht werden. Die Grenzen bei ihnen verschwimmen.

Aus dem Märchen sprechen Heimatverbundenheit und Tradition. Es teilt uralte Lebenserfahrung mit. Die Welt, wie sie im Märchen dargestellt wird, ist nicht die Welt der Wunder und des Zaubers allein, sondern die der großen und letzten Gerechtigkeit, von der die Kinder und Erwachsenen aller Zeiten geträumt haben.

Die eindringliche Botschaft, die das Märchen unserer Zeit kündet, ist die Botschaft der Liebe. Durch unsere Märchen geht sie opfernd und sich verschenkend ohne Vorbehalt und kalte Überlegung.

Das Märchen gehört zum Kind. Hier entflieht es der Weltangst, hier findet es Geborgenheit; denn hier siegt das Licht über die Finsternis, das Gute über das Böse. Auch den Erwachsenen hat es etwas zu sagen.

Während das Kind, von der Schlichtheit der Bilder angesprochen, im Raum des Wunderbaren haften bleibt, zeigt es dem Erwachsenen Schicksale von Menschen, die sich in der Welt bewähren müssen.

Margret Guthausen

„Petit Jean"

„Petit Jean", der Geiger aus Luxemburg, war der beliebteste Geiger auf allen Kirmessen dort zu Lande. Und so kam es, dass er fast jeden Sonntag auf dem Marsch war. Wer so viel herumkommt unter die Leute, der kann auch viel erzählen. Aber eine Geschichte hat er zeitlebens nicht gern erzählt. Wenn er's einmal tat, lief ihm noch nachträglich ein Schauder den Rücken herunter und seinen Zuhörern auch.

Einmal hatte „Petit Jean" in der Gegend von Diekirch sonntags bei einer Kirmes gespielt. Am späten Abend brach er auf, um die Nacht durchzuwandern, um am anderen Morgen zu Hause zu sein. Es war im Herbst, und die Stürme hatten schon eingesetzt. Es pfiff und sauste um die Landstrasse, als ob das wilde Heer los sei, und der kleine Geiger schlug sich den Mantelkragen so hoch, wie's eben ging. Als er aber so, die Geige in einem Sack unterm Arm, mit flatterndem Mantel gegen den Sturm ankämpfte und auch noch der Regen anfing, ins Gesicht zu schlagen, da hörte er dicht hinter sich das Traben von vielen Pferden und das Rollen einer schweren Reisekutsche, und eine Stimme schrie ihn an: „He, Hallo, Platz da!".

Da sprang er im letzten Augenblick auf die Seite, weil er fast unter die Gäule gekommen wäre. Die Kutsche rollte vorbei, bespannt mit sechs rabenschwarzen Pferden, vom Sattel aus von drei Kerlen in rabenschwarzer Uniform gefahren. Am Fenster des prunkvollen Reisewagens aber war das feine, blasse Gesicht eines noch jungen Menschen zu sehen, das nach der Mode von einem schmalen, schwarzen Bartstreifen umrahmt war. Der Geiger, der soviel gerade im Licht des Mondes sehen konnte, zog seine Mütze und ärgerte sich, dass der vornehme Herr ohne Laterne fahre und arme Leute beinahe zu Tode bringe. Aber da klopfte der Fahrgast heftig an die vordere Scheibe. Die drei Kerle riefen „Halt!" und hielten an. Ein Diener aber, der hinten aufgesessen und auch in eine pechschwarze Uniform gekleidet war, sprang ab und fragte an der Tür, was Seine Gnaden zu befehlen geruhten. Der vornehme Reisende zeigte auf „Petit Jean" und winkte, und der wusste gar nicht wie ihm war, als er vor dem Herrn stand. Dieser sprach: „Ist er nicht der 'Petit Jean'?" „Zu dienen, Euer Hochwohlgeboren. Hat er Lust, zehn Taler zu verdienen?" „Und ob, Euer Hochwohlgeboren." „Dann sitze er hinten auf neben dem Diener. Wir fahren auf mein Schloss, da soll diese Nacht getanzt werden." „Vorwärts!"

Ehe „Petit Jean" sich versah, saß er hinten auf der Kutsche neben dem Diener, und vorwärts ging's durch die Sturmnacht wie der Teufel.

Wohin es ging, das war dem Geiger unklar. Er kannte jeden Weg in der Gegend; aber es war ihm, als ob er diesen Weg zum ersten Male sähe, und er mochte in der Dunkelheit ganz und gar die Richtung verloren haben. Zuerst ging's durchs freie Feld, aber bald kamen sie in den Wald, und da hörte das Sehen überhaupt auf. „Petit Jean" wollte aber gar zu gern wissen, wer der Herr im Wagen eigentlich war, und er fragte den Diener zaghaft danach. Der knurrte aber nur eine kurze französische Antwort, von der „Petit Jean" nichts verstand als „Graf…" Also ein Graf, dachte er, und er hat hierherum ein Schloss. Merkwürdig, er kannte doch den ganzen Adel der Gegend. Aber er meinte bei sich, der Graf werde ein Franzose sein, der eines der Schlösser der Gegend erworben habe; denn der Österreich treue Adel hatte vielfach Haus und Hof verlassen. Aber der Graf kannte ihn doch, den „Petit Jean", er verstand die Sache nicht.

Es dauerte nicht lange, da schimmerte es durch die Stämme des Waldes wie von hundert Lichtern, und im nächsten Augenblick bogen sie in scharfem Trabe in eine kurze Allee uralter Bäume ein. Vor ihnen stieg das Schloss mit erleuchteten Fenstern mächtig aus dem Dunkel empor. Im Mondschein leuchteten die Weiher, die es umgaben, silbern auf, als die Kutsche über die Brücke donnerte. Wohl ein Dutzend Diener in schwarzer Uniform stürzte zum Portal, die Tür wurde aufgerissen, und der Graf betrat eilenden Fußes sein Schloss. Aber ehe er die Reihe der sich tief verneigenden Dienerschaft durchschritten hatte, wandte er sich um und winkte dem Geiger, der auch von seinem Sitz herabgeklettert war. Dann einige Worte an den Haushofmeister, und dieser führte den ganz betäubten „Petit Jean" eine Seitentreppe hinauf durch Gänge und Türen bis in eine kleine

Kammer, wo ein Tisch mit allerlei Speisen und Wein gedeckt stand.

Der Haushofmeister bedeutete dem Geiger, sich daran gütlich zu tun, in einer halben Stunde hole er ihn ab. Und „Petit Jean" ließ sich das nicht zweimal sagen. Er aß und trank und war so hungrig, dass er nicht einmal das Tischgebet sprach und auch vergaß, sich zu bekreuzigen. Während er aß, rollte drunten ein Wagen nach dem andern vor, und es war ein Laufen und Rennen und Plaudern und Lachen, dass es klar war, es müsse eine große Gesellschaft sein. „Petit Jean" überlegte sich schon, welche Tänze er vor den vornehmen Leuten spielen wolle, und holte seine Geige hervor und stimmte.

Da kam aber auch schon der Haushofmeister wieder und sprach: „Es ist Zeit." Und er öffnete eine kleine Türe, die führte zu einem Balkon im großen Tanzsaal, der für die Musik bestimmt war. Auf ihm aber war Platz für sicher fünfzig Musi-kanten, so dass „Petit Jean" ganz ängstlich fragte, ob er allein denn für den großen Saal genüge. Aber der Haushofmeister sagte nur: „Es wird schon gehen."

Und es ging; denn als die Herrschaften drunten eintraten und „Petit Jean" den Bogen zum Walzer ansetzte, da klang seine Geige, wie sie noch nie geklungen hatte; es musste wohl an der Akustik liegen. Die Paare drehten sich unten im Tanze und tanzten so anmutig und reizend, dass „Petit Jean" bei sich meinte, das sei etwas anderes als eine Bauernkirmes. Und er geigte drauflos, dass ihm der helle Schweiß auf der Stirne stand, und die da unten tanzten, als ob das Atemholen abge-schafft wäre.

Aber als der kleine Geiger besonders auf den Grafen achtete, der mit einer wunderschönen, blassen Dame tanzte, und als er sich bemüht, das Tempo seines Spiels dem Tanze jenes Paares anzupassen, da stockte ihm auf einmal das Blut in den Adern. Der Boden des Tanzsaales wurde rot und immer röter. Es war glühendes Eisen, auf dem die da tanzten. Er sah die blassen Frauengesichter verzerrt in wachsender Qual und bemerkte das grauenvolle Lächeln um die Lippen der dunklen Tänzer, die ihre Opfer nicht mehr freiließen.

Da riss sein Spiel mit einem schrillen Missklang ab. „Jesus Maria," schrie „Petit Jean", und ein Krach ertönte, als ob die Erde bersten wolle. Um den Geiger sauste der Wind auf einem dürren Heidehügel, und er saß zusammengekauert hoch oben auf einem gekreuzten Balken. Als der Mond einen Lichtschein durch die jagenden Wolken warf, sah „Petit Jean", dass es ein alter, verwitterter Galgen war, auf dem er saß.

Wie er hinabgekommen ist, das hat er nie erzählen können, denn er hat's nachher selbst nicht gewusst. Nur dass er sich am Morgen mehr als drei Tagereisen von seiner Heimatstadt wiederfand, das wusste er. Was er in der Nacht erlebt hat, daran haben ihn die grauen Haare erinnert, die er auf des Teufels Ballfest bekommen hatte.

(n. Max v. Mallinckrodt)

Die Wäscherin

Die Wäscherin der Sterbehemden ist nicht immer an der gleichen Stelle gewesen. So kam es, dass viele Leute sie sahen. Am Ufer der Alzette hat sie gewaschen und an dem der Rur und Warchenne. Es sind unzählige Bäche und Wasserläufe in der Eifel und in den Ardennen, an denen sie gewaschen hat.

Von dem vielen, was von ihr erzählt wird, möge hier nur das genannt sein, was der Junker von Reuland erlebte. Denn er sah die Wäscherin wohl deutlicher als alle die anderen, und es wurde dunkel um ihn, weil er sie sah. Traurig wie der Junker von Reuland, sagten die Leute damals, wenn sie von einem redeten, für dessen Schmerz es keine Heilung gab.

Es sei erzählt, was man von des Junkers Geschichte weiß. Sein Vater war früh verstorben, und der Sohn lebte in der Burg mit seiner Mutter und verwaltete das Erbe des Vaters. Es wird erzählt, dass er brav und fromm gewesen sei von seinen frühen Tagen an, aber auch fröhlich und sorgenfrei, wie es seiner Jugend zukam.

Das war alles so bis zu dem Tage, als er die Wäscherin zum ersten Male sah. Er sah sie damals an einem kleinen Teiche inmitten des Waldes gerade dort, wo der Bach wieder aus einem Teiche austrat und zwischen moosigen Steinen zu Tale ging. Und es war ein schwüler Abend gewesen. Der Junker hatte auf den Bock gejagt, aber es war im Wald so seltsam still, wie er es noch nie erlebt hatte. Die Vögel schwiegen in den Zweigen, und das Wild mochte sich wohl in den Dickungen niedergelassen haben. Es war nichts von ihm zu sehen. Selbst die Fische im Teiche sprangen nicht, wie es doch sonst an warmen Abenden geschah . Es war seltsam still.

Der Junker hing die Büchse über die Schulter und schob Pulverhorn und Jagdtasche zur Seite und öffnete die Kleider weit über der Brust. So unerträglich drückend war es. Und er warf sich am Rande des Teiches ins hohe Gras und träumte. In weiter Ferne aber begann es zu donnern, doch das Wetter zog nicht herüber. Die Dämmerung kam, und die Bäume wurden wie Schatten. Da schickte der Junker von Reuland sich an, heimzukehren. Aber als er am Rande des Teiches dahinschritt, schlug ein lautes Plätschern und Klatschen an sein Ohr, und er hörte eine Frauenstimme, die sang, aber er verstand ihre Worte nicht. Das Plätschern schallte von dem Bach herüber, der aus dem Teiche floss, und der Junker wunderte sich, wer hier zu so später Stunde in der Einsamkeit wasche. Er ging dem Plätschern und Singen nach ohne Sorge und ohne einen andern Gedanken, als dass es eine der Frauen des Dorfes sei.

Aber als er hinzukam, da kniete am Rande des Baches auf dem Moos zwischen Farnen und Steinen eine weißgekleidete Frau, die tauchte die schimmernden Hände tief in die Wellen und bog sich hinab und wusch schneeweißes Linnen. Während sie wusch, sang sie mit seltsam klagender Stimme Worte und Reime wie aus alten Liedern, die das Herz des Hörers mit leisem Finger anrühren, dass es traurig wird und weiß nicht warum.

Und der Junker von Reuland ging lautlos näher und lauschte und spähte, und es schlugen Worte an sein Ohr, die sich tief in seine Seele eingruben:

„Walle Welle, fröhliche Welle,
Trage talwärts der Sünden Not!
Walle Welle, fröhliche Welle,
Deiner Dienste begehrt der Tod.
Weiß das Linnen und weiß das Leid,
Dunkles Leiden mag niemand tragen.
Walle Welle, wasche mein Kleid!
In wenig Tagen
Wird es gebraucht mit Weinen und Klagen,
Walle Welle, dann sei es bereit."

Und der Junker von Reuland starrte auf die Frau vor seinen Augen. Sein Fuß stockte, und er wollte sie anrufen, aber seine Stimme gehorchte ihm nicht. Und es war ein linnenes Hemd, wie ein Sterbehemd, das wusch die einsame Frau. Dann klang ihre Stimme wieder:

„Weiß wie der Schnee und nicht weiß genug,
Was auch dein armes Herze trug,
Weiß wie der Schnee und hell wie der Tag,
Was ich nicht länger waschen mag,
Waschen nur Tränen."

Dann entrang sich dem Junker lähmende Angst, die seine Zunge im Banne hielt und rief: „Wer bist du?" Die Wäscherin wandte sich zu ihm um und nickte ihm zu, wie einem alten Freunde, und sah ihn an mit Augen fern von Glück und Leid, dass es sich auf die Seele des Junkers legte wie eine leise Hand. Er trat näher zu ihr hin, da aber schwand die Gestalt vor ihm wie ein Gebilde aus Nebel und stand am jenseitigen Ufer des Baches und hob die Arme, wie mit flehentlicher Bitte.

Der Junker rief laut, das Zittern seiner Stimme zu meistern: „Wem gehört das Sterbehemd?" Da aber ging es wie Windeshauch durch den Wald; die Wipfel der Fichten bogen sich, und die weiße Frau legte die Hände auf ihre Brust und sprach: „Dem Weib, dem du das Liebste bist."

Der Junker von Reuland aber meinte, keiner Frau Herz zu wissen, das für ihn schlug, und er beachtete die Rede nicht. Aber ehe er wiederum fragen konnte, zerrann die Gestalt der einsamen Wäscherin im dämmernden Wald in Nichts.

Und er schritt heim in tiefem Sinnen. Als er aber an das Tor der Burg gelangte, ging ein scheues Flüstern unter den Leuten, wer ihm sagen sollte, dass zur Stunde seine Mutter gestorben war, als er droben in den Bergen den Worten der Wäscherin gelauscht hatte.

Von jenem Tage an war bei dem von Reuland die Schwermut Hausgenossin geworden, und die ihn einst gekannt hatten, erkannten ihn nicht wieder. Und seine Freunde überredeten ihn doch, dass er sich eine neue Frau nahm. So führte er denn ein Mädchen heim auf die Burg seiner Ahnen, gut und schön und nur des einen Willens, ihm Liebes zu tun.

Als aber die Stunde nicht mehr ferne war, in der sie ein Kindlein gebären sollte, da war es, dass die Wäscherin zum zweiten Male dem Junker von Reuland erschien.

Es war nicht droben am Teich, zu dem ihn sein Fuß nie wieder führte, es war in der Tiefe in den Erlen, drunten zwischen Wiesen und Feldern. Es war Vollmond, und der Junker kehrte spät heim und freute sich auf die Heimkehr.

Und zwischen den Erlen am Bachesrand klang ein Plätschern und Klatschen an sein Ohr nicht anders als damals, und sein Herz stand still vor Grauen. Er hörte die Worte und Reime der einsamen Wäscherin wieder und schrie auf in grenzenloser Qual; denn eine Angst, der er selbst nicht Namen zu geben wagte, legte die Hand auf sein Herz.

Da stand er vor der Wäscherin am Ufer zwischen den Erlen, und seine Augen starrten auf das Totenhemd, das sie wusch, und die Frage glitt von seinen Lippen und wusste es kaum: „Wem gehört das Sterbehemd?" Doch die Wäscherin sah ihn an mit Augen ohne Glück und Leid, und er las die Antwort von ihren Lippen und stöhnte auf wie ein weidwundes Tier.

„Dem Weib, dem du das Liebste bist." Er stürmte heimwärts, dass die Bauern, die ihn sahen, ihm erschrocken nachblickten. Als er am Tor ankam, war allenthalben ein Weinen und Klagen,

wo ihm der älteste Diener Meldung machen wollte. Da sprach
der Junker von Reuland: „Ich weiß es, mein Weib ist tot." Und
der Greis wischte sich die Augen und sprach: „Herr, es ist so,
und ihr Kindlein hat sie mit sich genommen."

Als der von Reuland Weib und Kind zur ewigen Ruhe gebettet
hatte, bestellte er sein Haus und gab alle Weisung, wer verwal-
ten solle, was er zurücklasse, denn er wolle in ferne Lande
gehen. Aber er ging erst noch auf den Friedhof, wo seine Liebsten ruhten.

Etliche Bauern die spät abends erst ihr Heim erreichten, hörten
später wiederholt am Bache drunten ein seltsames Plätschern,
Klatschen und Singen. Als sie nähertraten, war es die Wäscherin. Sie lauschten ihrem Singen mit Angst und Grauen, keiner
fragte, wem das Sterbehemd gehörte, das die einsame Frau mit
dem schimmernden Händen so sorgsam wusch.

(n. Max v. Mallinckrodt)

Hasenjagd

D roben in den Eifler Bergen gibt es seit altersher manch
guten Bock und manches Stück Schwarzwild, und
mancher Hase hoppelt dort auch abends aus dem Walde.
Es findet sich aber auch manch ein Fuchs dort oben, und die
schlimmsten Füchse, die haben nur zwei Beine, dafür aber die
Flinte im Arm, und sie sehen sich scheu um, ob der Förster nicht
auf den Wegen ist.

Es gab droben am Rande der Heide ein Dorf, da war das
Wildern wie eine Krankheit geworden, das ist nun schon lange
her. Jeder Junge, der über fünfzehn Jahre alt war, wurde von der
Krankheit befallen und blieb befallen, bis er so alt war, dass er
kein Gewehr mehr tragen konnte oder bis es ihm seine Frau
verbot. Und es war eine Ehrensache, dass ein jeder wildern
musste. Da ging's dem armen Wild denn übel in der Flur. Der
Förster raufte sich die Haare, aber es half nicht. Passte er hier
auf, knallte es dort und dort und dort, und machte er lange
Beine, um dahin zu kommen, dann knallte es da, wo er gerade

gewesen war. Dabei schossen die Bauern oft aus bloßem Übermut ihrer Flinten ab, wenn auch gar nichts zu schießen war, nur um den Förster zu ärgern. Und der ließ sich ärgern, denn – unter uns gesagt – er war schon ein bisschen alt, so dass die Bauern gut schießen hatten. Später, als ein junger Förster dorthin kam, da ging's einem halben Dutzend Wilderer ans Leder, sie mussten sitzen, und nach einem Jahre fiel dort oben kein heimlicher Schuss mehr.

Aber zu der Zeit, wo die Geschichte sich zutrug, von der erzählt wird, war der alte Förster noch im Amt. Alle Dorfburschen gingen zum Wildern, nur einer nicht, das war das Sebastiänchen, und seines Zeichen war er der Dorfschneider. Dass aber das Sebastiänchen nicht wildern ging, das lag daran, dass es eine Himmelangst davor hatte. Als es noch ein kleines Bübchen war, war einmal eine grausliche Geschichte da droben passiert. Da waren drei Buschen, und unter ihnen sein Vater, bei tiefem Schnee nächtlicherweile jagen gegangen. Und der Vater von Sebastiänchen hatte seine Donnerbüchse, die mit gehacktem Blei und Nägeln geladen war, auf ein Hauptschwein abgefeuert, das gerade bei ihm aus der Dickung herauskam.

Der grimmig Keiler nahm aber diesen unfreundlichen Gruß sehr unfreundlich auf, denn er machte kurz kehrt und fasste sich seinen Mann und, hast du nicht gesehen, flog der unglückliche Schütze mit aufgeschlitztem Schenkel in den Graben.

Da war denn viel Heulen und Zähneklappern damals gewesen, und die Mutter von Sebastiänchen, die eine resolute Frau war, sagte ihrem Einzigen, dass sie ihn prügeln würde, dass die Lappen flögen, wenn er sich je einfallen lasse, jagen zu gehen.

Nun, dass Sebastiänchen dachte an den Vater und sein Abenteuer, auch als der schon lange tot war, und ging nicht zum Wildern. Aber er hatte viel Spott und Gerede darum mit anzuhören, dass er oft in Versuchung kam, es doch einmal zu probieren. Aber die Angst, die Angst!

Dabei war das Sebastiänchen nicht zum Helden geboren. Da, wo andere Menschen ihren starken Rücken haben, hatte ihm die Natur einen richtigen Buckel wachsen lassen, und das eine Bein war auch so windschief geraten wie die Birken an der Strasse, die durch die Heide ging. Und einen Kopf kleiner als alle anderen war das Sebastiänchen auch. Um so mehr aber wurde er mit seiner Angst geneckt und gehänselt, und es ärgerte ihn mehr, als er jemals sagen konnte.

Eines Tages war das so arg geworden, dass er seiner alten Mutter erklärte, jetzt wäre es genug, jetzt ginge er auch. Es war damals kein Schwarzwild im Revier; dass machte ihm Mut. Die Mutter keifte und zeterte und rief alle Heiligen an – egal, das Sebastiänchen blieb bei seinem Entschluss.

„Nun so wollt ich, dass der Düwel dir jagen hilft", rief die Mutter endlich und schlug die Türe zu.

Das Sebastiänchen kratzte sich hinter den Ohren. „Der Düwel? Ach wat, der wird schon nicht kommen." Wie eine Flinte geladen wurde, hatte er früher oft gesehen. So nahm er die alte verrostete Flinte seines Vaters selig vom Nagel, nahm Pulverhorn und Schrotbeutel, die ein Bekannter ihm gefüllt hatte, und hing sich die gewaltige lederne Jagdtasche des Vaters um. Und eines schönen Herbstabends zog das Sebastiänchen aus. Der alte Förster lag krank zu Bett, also war die Luft rein. Passieren konnte dem Sebastiänchen nichts.

Wohlgemut schritt er dem Walde zu und freute sich, wenn ihn Bekannte sahen und ihrer Bewunderung Ausdruck gaben; dass sie hinter ihm über das dahinhinkende Häufchen Elend sich kranklachten, das merkte er nicht.

Der Weg ging ein bisschen bergan, denn der Wald bedeckte einen Hügelzug, der sich aus der Heide erhob. Angekommen, sah sich das Sebastiänchen nach einer geeigneten Stelle am Waldrande um, wo er sich ganz still hinsetzen und warten wollte, bis etwas käme. Zwischen zwei Schlehensträuchern schien ihm ein nettes Plätzchen zu sein. Gedacht, getan, das Sebastiänchen saß zwischen den Schlehen auf der Lauer. Geladen war die Flinte, auch der Feuerstein war in Ordnung, nur Pulver musste noch auf die Pfanne geschüttet werden. Das tat er denn auch mit großer Vorsicht, legte Pulverhorn und Schrotbeutel neben sich und wartet der Dinge, die da kommen würden.

Es kam aber nichts. Auf einer Brombeerranke lief nur ein Mäuschen zierlich und eifrig auf und ab, bis es dem Sebastiän-

15

chen zuviel wurde. „Scht!" machte er, da war das Mäuschen verschwunden. Nun aber kam eine Kohlmeise und zwitscherte und wisperte, als ob sie dem Sebastiänchen was erzählen wollte. Er aber wollte nichts hören, er wollte ja etwas schießen, also machte er wieder: „Scht!", da war auch die Meise weg.

Inzwischen wurde es später und später. So ganz langsam, ganz sachte fing die Dämmerung an. Die Sonne hing wie ein rotglühender Ball am Himmel und schimmerte durch die Zweige des Waldes und tauchte das Land in rote Glut. Dem Sebastiänchen war der schönste Sonnenuntergang ganz und gar egal, er wollte doch etwas schießen.

Die Sache fing an, ihm langweilig zu werden. Er wurde müde vom Sitzen auf der Erde und fand ganz still bei sich, dass das Jagen ein dummes Vergnügen sei. Endlich musste er sogar gähnen, und er gähnte so laut, wie er es daheim gewohnt war. Die Augen fielen ihm beinahe zu vor Langeweile. Es wurde stiller und stiller ringsum. Die Feierzeit der Gottesnatur begann. Das war aber dem Sebastiänchen gleich, er wollte doch etwas schießen.

Auf einmal hörte er ein Geräusch. Eine fürchterliche Angst überkam ihn. Was mochte es sein? Es raschelte und regte sich neben ihm keine zwanzig Schritte entfernt. Das Sebastiänchen hielt den Atem an und lauschte, aber es hörte nichts mehr, nur sein eigenes Herz klopfte laut wie ein Schmiedehammer. Mit den Blicken durchbohrte das Sebastiänchen fast das Gebüsch neben sich. Vergebens. Da blickte er genauer vor sich hin und – beinahe wäre ihm die Flinte von den Knien gefallen. Gerade vor ihm hoppelte etwas mit krummen Rücken langsam aus dem Wald heraus. Ein Hase! Ein gewaltiger Waldhase. Jetzt hieß es handeln. Dem Sebastiänchen zitterten die Hände so, dass er die schwere Flinte kaum halten konnte. Der Hase merkte nichts. Bald mummelte er an der Erde und hoppelte ein paar Schritte, dann setzte er sich aufrecht und machte ein Männchen. Das war der Augenblick. Leise, leise schob das Sebastiänchen sein gefährliches Feuerrohr zwischen den Schlehdornzweigen durch. Hin und her wankte die Mündung. Beide Augen zu und dann – Bautz!

Die Flinte flog rechts, das Sebastiänchen flog links. O weh, o weh, o weh, das Feuerrohr hatte ihm eins ausgewischt, dass ihm alle Zähne im Mund wehtaten. Im ganzen Leben nicht mehr, das war der einzige Gedanke von Sebastiänchen, als es sich auf der Erde wiederfand. Langsam, mit dummem Kopf, stand er auf. Da lag die Flinte. Losgegangen war sie, aber wie. Mühselig packte Sebastiänchen das Schießgewehr auf und packte die riesige Jagdtasche auf, das Pulverhorn und den Schrotbeutel, und dann noch die Kappe, die ihm vom Kopf geflogen war. Aber was war das? Was lag denn da? Der Hase, der Hase! Er war getroffen und mausetot geschossen. Der Meisterschuss hatte ihn nicht verfehlt. So schnell es bei seinem schiefen Beine ging, war das Sebastiänchen bei dem Erlegten. Er konnte es noch nicht glauben, und doch war es so. Der Hase lag da, und was für einer, ein echter Pastorenhase. Triumphierend hob das Sebastiänchen ihn an den Hinterläufen in die Höhe. Jetzt sollte noch mal einer über ihn lachen. Er war ein Jäger. Gleich mit dem ersten Schuss einen prächtigen Hasen! Hochbefriedigt über dieses Ereignis schleppte das Sebastiänchen den Hasen zu seinem Platz und verstaute ihn in der gewaltigen Jagdtasche, nur der Kopf guckte an der Seite betrüblich heraus. Dann hing er die Jagdtasche über die linke, Pulverhorn und Schrotbeutel über die rechte Achsel, schulterte seine mörderische Waffe und ging freudestrahlend heim.

Der Hase sollte der Mutter und ihm schmecken, und ärgern würden sich die andern grün und gelb, wenn er heimkäme. Es war der schönste Tag in Sebastiänchens Leben.

Inzwischen war es ziemlich dämmerig geworden, es war Zeit, heimzugehen, sonst konnte es noch dunkel werden, bis er zu Hause war. Und er wollte doch, dass die Leute den Hasen noch sehen sollten, so wie er ihn brachte. Eilig hinkte er am Waldrand entlang, mit einem Male aber blieb er stehen. Was war denn das? Da war ja noch ein Hase, der saß draußen und machte ein Männchen und guckte ganz vergnügt nach dem Sebastiänchen herüber.

Noch ein Hase! Ob er den auch schießen sollte? Dann musste er erst laden, und das ging ihm nicht so schnell von der Hand,

und dann der Schuss, den spürte er auch noch im Kopfe. „Ach
was," meinte Sebastiänchen, „ich kann sie doch nicht alle auf
einmal totschießen. Mit einem ist es genug heute." Also hinkte
er weiter. Aber sieh mal an, der Hase machte gar keine Miene,
fortzulaufen! Als das Sebastiänchen näherkam, hoppelte auch
der Hase näher. Ob der in der Dämmerung das gefährliche
Sebastiänchen gar nicht sah? Noch immer näher hoppelte der
Hase und noch näher und noch näher, und dann machte er
wieder ein Männchen und rief ganz deutlich: „Hänschen, wo
jeist du hin?", und der totgeschossene Hase in der großen

Jagdtasche gab Antwort und sagte: „Ich jon mit dem Sebastiänchen, dä hät mich jeschaußen."

„Marijajosef, dat is der Düwel!" schrie das Sebastiänchen, und dann ist es gelaufen, wer weiß wie. Feuerrohr und Pulverhorn und Kappe und alles hat es verloren. Und die Knie haben ihm gezittert, und die Zähne haben ihm geklappert, und gebetet hat es im Laufen alles, was ihm eingefallen ist.

Und daheim hat das Sebastiänchen alles der Mutter erzählt, und die hat die Hände überm Kopf zusammengeschlagen und ist hingegangen und hat es der Frau Schmitz erzählt, und die hat es jedem erzählt, der ihr begegnet ist. So ist die Sache herumgekommen, und das Sebastiänchen hat den Spott noch obendrein gehabt.

(n. Max von Mallinckrodt)

Wie der Ginster in die Eifel kam

Eines Tages gab man den Soldaten in einer Stadt der Toskana bekannt, ihre Legion würde aus dem warmen Italien nach Norden in das kalte Germanien verlegt. Am Tag vor dem Abmarsch verließ an einem lauen Sommerabend der Korporal Flavus die Kaserne, um seine schwarzhaarige Freundin Claudia an dem Haus ihrer Mutter zu einem letzten Spaziergang abzuholen. Hand in Hand stiegen die beiden Liebenden den ginsterbestanden Hügel hinter der Kaserne hinauf. Oben angekommen, ließen sie sich im Gras nieder und sprachen vom bittern Scheiden, küssten sich dann immer wieder und umarmten sich, als wollten sie sich nie und nimmer verlassen. Dabei stießen sie ungewollt an einige Ginstersträucher, und dabei glitten etliche Ginstersamen in die Stiefel des Korporals. Dann wurden die beiden wieder ruhiger und schauten liebevoll hinunter auf die toskanische Heimat. Die Lichter drunten in der Kaserne aber erinnerten an den morgigen Abschied. Wie lange würde Flavus fern von seiner Heimat und der lieben Claudia sein?

Nach einem monatelangen Marsch kam die Legion endlich in Germanien an. Auf einer Heide bei Blankenheim fand eines Tages ein Kleiderappell statt. Hemden, Hosen, Röcke und Socken mussten gewaschen werden. Flavus nahm auch seine Stiefel vor, noch voll von Dreck aus den Alpen. Er fand bald die Ursache für seine Fußschmerzen unterwegs: von der Toskana

her hatte er in seinen Stiefeln Ginstersamen mitgeschleppt. Den schüttete er auf der Eifelheide nun gründlich aus.

Die Ginstersamen aber keimten auf der Blankenheimer Heide im nächsten Jahr auf, und dort wuchsen die ersten Ginstersträuchlein. Im Herbst kam ein böiger Eifelwind und trieb die Ginstersamen in alle Himmelsrichtungen fort. Darum blüht heute allenthalben in der Eifel der gelbe Ginster. Dank dem Korporal Flavius aus der Toskana rankt sich das Eifelgold um Felsen und Hänge.

(n. Viktor Baur)

Erinnerungen

Auf dem Lousberg in Aachen stand einmal eine efeuumrankte Hütte, und darin wohnte Nikolaus, ein alter, wunderlicher Mann. Die Hütte ist längst verfallen, und die Geschichte darüber erzählen die Bäume und Sträucher, wenn es Nacht wird; aber die Menschen haben sie vergessen.

Nikolaus kam selten in die Stadt, er trug einen geflickten grauen Umhang, und seine Haare hingen lang und dunkel darüber. Kein Wunder, dass Kinder sich vor ihm fürchteten. Ein Knabe aber dachte bei sich: „Wie arm er aussieht, ich will ihm meinen Apfel schenken." Und er ging heimlich hinter dem Alten her, denn er hatte nicht den Mut, ihn anzurufen. Als sie dicht bei der Hütte waren, wandte der Mann sich um und sagte: „Wer bist du?" – „Ich bin Josef und möchte dir diesen Apfel schenken", antwortete der Knabe.

„So, so", flüsterte der Alte, „das ist lieb von dir! Den Apfel hast du von Thekla bekommen, dem kleinen Mädchen mit den großen, blauen Augen. Jetzt, wie ich dich ansehe, kenne ich dich auch. Ja, du bist Josef, deine Eltern haben ein Sommerhaus auf dem Lousberg mit einem wunderschönen Gitter herum. Den Apfel sollst du behalten; aber komme mit mir, ich will dir meinen Palast zeigen. Nur sprich zu niemandem darüber."

Mit klopfendem Herzen folgte Josef dem Alten, und als er den ersten niedrigen Raum betrat, sah er etwas Sonderbares. Von der

Decke herunter hingen lauter schwarze Seidenfäden, und daran hingen kleine und größere Gegenstände, Kerzenleuchter, Glaskugeln, Ketten und Papierblumen.

„Was ist das?" fragte der Knabe, und Nikolaus antwortete: „Das sind die Kindheitserinnerungen der Menschen, die in dieser Stadt wohnen. Sieh dir die Fäden an, wie fein sie sind, und doch tragen sie das alles, manches ein Leben lang." – „Da ist ein Faden entzweigegangen", rief Josef, „und hier auch einer, sie halten doch nicht alle."

„Nein, sie halten nicht alle", sagte der Mann bedächtig, „viele vergessen ihre Kindheit, und da zerreißen die Fäden, und das ist schade. Sieh, was dort auf dem Boden liegt und verstaubt, wie schön es war. Es sind Seifenblasen, regenbogenfarbige Dinge, ein Hauch nur, ein Nichts, wenn man es so betrachtet. Aber schau nur hinein, was darin ist: Schlösser aus Gold und Brunnen aus Kristall, Wolken, Steine, Monde und Sonnen, Segelschiffe mit silbernen Masten und Meere von Blumen. Und höre nur, wie es darin klingt. Höre die einzelnen Töne, ein wenig zitternd und allzu leise. Aber der Faden ist zerrissen."

Staunend erblickte der Knabe kleine, spitze, umränderte Tücher und Puppen, Steckenpferde und zerrissene Bücher, ein Diadem aus Messing und Glasperlen und einen violetten Schleier. „Geh nun und vergiss es nicht", sagte Nikolaus, und der Knabe verließ zögernd die Hütte. Bald darauf verließ er auch die Stadt, und Nikolaus sah vergebens nach ihm aus.

Er beobachtete die Seidenfäden des kleinen Josef, es kamen immer neue Dinge hinzu: Vögel, Schmetterlinge, Musikinstrumente und eine kleine, grüne Flasche, deren Verschluss aus einer einzigen, glänzenden Blume bestand. Und dann kam nichts mehr, und Nikolaus wusste, dass Josef erwachsen war.

Es kam der Tag, an dem sich eine feine, kaum sichtbare Staubschicht auf die Flasche legte, und der alte Mann wurde traurig. Es währte nicht lange, und der Faden zerriss. Das war zur Zeit, als der erste Schnee fiel; und als es Frühling wurde, klopfte jemand an die Tür.

Der Alte öffnete, und es war Josef, der eintrat. Er trug schöne Gewänder, aber sein Gesicht war nicht froh. „Nikolaus", sagte

er leise, „ich habe viel gesehen, viel erlebt und viel vergessen."
Der Alte nickte. „Ich weiß es", murmelte er. „Ein Faden ist
zerrissen, aber nur einer. Die andern sind noch da."
„Weißt du", sagte Josef, „ich habe ein Mädchen gesehen so
wunderschön und rein wie ein Engel. Es stand vor dem großen
Dom und verkaufte Blumen. Ich ging darauf zu, da entfielen die
Blumen ihren Händen, und es sagte: „Du bist es Josef. Ich habe
immer auf dich gewartet. O, sieh mich nicht so an, damals
waren wir noch Kinder, aber ich konnte dich nicht vergessen.
Wie schön und groß du geworden bist."
„Du auch", sagte er leise und errötete vor so viel Anmut. „Du
kennst mich doch noch?" sagte sie fragend, und er nickte. „Ich
kannte sie nicht, Nikolaus, aber ich bewunderte sie, ich liebte
sie. Ich weiß nicht, wie es weitergeht. Bei Tag und Nacht
erblickte ich ihr Gesicht mit den großen blauen Augen. O, wie
muss sie mich verachten, wenn ich ihr sage: Ich erkenne dich
nicht, du bist für mich ein ganz neuer Mensch. O, Nikolaus, gib
mir die Erinnerung zurück, die einzige gib mir wieder!"
Der alte Mann schüttelte den Kopf, und als Josef in das Gewirr
der vielen Fäden hineinsah, erblickte er einen Engel mit schimmernden Flügeln.
„Was macht er?" fragte Josef leise. „Er knüpft einen Faden
wieder zusammen", antwortete Nikolaus, „aber es ist nicht dein
Faden. Wenn der Engel dies tut, stirbt ein Mensch. Er denkt in
seiner letzten Stunde an seine Kindheit, und er sieht plötzlich
alles wieder, was er vergaß."
„So will ich sterben", flüstere Josef vor sich hin. Der alte
Mann lächelte. „Bücke dich", sagte er, „sieh dir die vergessenen,
verstaubten Dinge an."
Josef tat es. „Ach", sagte er leise, „die kleine, grüne Flasche
kommt mir so bekannt vor. Ich weiß nicht warum."
Nikolaus hob sie auf und ließ sie fallen. Aus den Scherben
stieg ein wunderbarer Duft in den Raum, und Josef atmete tief.
Er schloss die Augen und sah einen Fliederstrauch irgendwo wie
im Traum. Darunter stand ein kleines Mädchen mit einem roten
Apfel in der Hand, und Nikolaus sagte: „Es war doch Thekla,
das Mädchen mit den großen, blauen Augen."

„Ja , es war Thekla", flüsterte Josef, „sie trug ein dünnes, verblichenes Kleid und eine Rose im dunklen Haar, als ich sie zum ersten Mal sah. Sie ging in der Prozession an mir vorbei und sang. Es war eine zarte, kaum hörbare Stimme, in der Hand hielt sie eine Lilie aus Silber." „Jetzt gehe zu ihr", sagte der Engel. „Mehr brauchst du nicht zu wissen." Und Josef ging. Er trug die Erinnerung wie etwas Kostbares behutsam in seinem Herzen, und vor dem großen Dom stand Thekla mit ihren Blumen und wartete.

(Marga Benner-Royé)

Der Gaukler

Vor langer, langer Zeit zog einmal ein Seiltänzer durch die Stadt Aachen. Dieser eroberte sich die Herzen der Menschen durch seine Kunstfertigkeit und seinen Witz. Er trug weiß-rot gestreifte Beinkleider, eine schwarze Samtjacke und eine merkwürdige, kronenähnliche Haube aus abgeschlissenem Brokat, die am Rande mit kleinen, blindgewordenen Perlen besetzt war. Nun traf es sich, dass eine vornehme Frau ihn sah, die gerade in einer Kutsche vorüberfuhr. Ihr kleiner, blasser Sohn presste seine Stirn gegen das Fensterglas und lachte plötzlich laut auf. Die Frau winkte dem Kutscher, und die Pferde standen still. Sie ließ den Seiltänzer an den Wagen kommen und sagte: „Mein Junge hat über Euch lachen müssen. Ihr wisst nicht, was das für mich bedeutet, ich danke Euch! Kommt mit mir, ich muss mit Euch reden!" Der fremde Mann nahm also sein Seil und stieg in die Kutsche. „Ihr müsst eine Zeitlang bei uns wohnen," fuhr die Frau fort, „seht, dies ist mein Sohn Lysander, er kann nicht lustig sein, und Ihr habt ihn zum Lachen gebracht." „Ich werde es mir überlegen," sprach der Mann. „O, ich flehe Euch an, tut es," rief die Frau, „ich bitte Euch darum!" Nun hatte auch der Mann einen kleinen Sohn. Die Mutter war lange tot und er darum allein. Überlegte er das alles? Gewiss würde die vornehme Frau auch ihn mit aufnehmen, aber er blieb dann doch der Sohn eines Dieners, eines Gauklers. So ging der Mann später nachdenklich durch die Stadt. Da begegnete ihm eine uralte Frau mit meergrünen Augen, und sie sagte: „Nun mein Herzchen, was fehlt dir?" „Ich habe keine Lust, dir das zu erzählen," erwiderte der Mann. „Ich bin aber die Einzige, die dir helfen kann," sagte die Frau, „ich weiß, was dich bedrückt, ich sehe es an deinen Augen. Du kannst mir das Kind bringen!" Da erschrak der Mann heftig, aber die alte Frau lachte und sagt: „Du traust mir das wohl nicht zu? O, ich bin noch hurtig wie ein junges Mädchen in meinem Haushalt und versorge deinen Kleinen gut. Zudem bin ich nicht weit von dir entfernt, du kannst dein Kind jeden Tag sehen. Höre gut zu: Das Haus deiner Herrin steht in der Franzstrasse, dahinter liegt ein kleiner Park mit einer Mauer darum. An der rechten Seite der Mauer befindet sich ein Brunnen, und daneben erblickst du hinter Efeu versteckt eine eiserne Tür. Hier ist der Schlüssel dazu. Jeden Mittag, wenn dein Prinz schläft, kommst du zu mir, denn im Garten hinter der Tür steht mein Haus. Nun zögere nicht und bringe mir den Knaben!" Da der Mann keinen anderen Ausweg fand, brachte er an einem Mittag seinen Sohn der alten Frau. Die Alte verbot ihm, nur ein Wort darüber zu sagen, und er versprach es ihr. Jeden Mittag, wenn Lysander schlief, ging der Gaukler heimlich zu seinem Sohn. Dieser wurde immer schöner und kräftiger. Seine Augen strahlten vor Freude, und sein Haar schimmerte in der Sonne wie Gold. Auch Lysander wurde groß, aber seine Traurigkeit wuchs gleichsam mit. Er konnte stundenlang unter den Bäumen des Parkes sitzen und den Vögeln nachschauen. Manchmal gelang es dem Gaukler, ihn fröhlich zu machen, aber das war sehr selten. Einmal nun wurde Lysander krank, und der Gaukler wachte Tag und Nacht bei ihm. Es war ihm nicht mehr möglich, seinen Sohn zu besuchen. Er hörte immer nur seine Lieder hinter der Mauer. An einem Mittag öffnete sich plötzlich die Tür, und ein Jüngling trat ein, in einem weißen seidenen Gewand. „Ich will für dich wachen," sagte er, „geh schnell zu deinem Kind, aber beeile dich!" Der Gaukler fürchtete sich, doch seine Sehnsucht war so stark, dass er auf den Vorschlag des Fremden einging. „Vielleicht ist der Fremde ein Engel",

dachte der Gaukler. Das geschah eine ganze Zeitlang. Als der Gaukler einmal wieder durch die kleine Türe zurückkam, sah er einen Mann aus Lysanders Krankengehmach kommen, der genau so angekleidet war wie er selbst. In der Hand aber trug er ein rotes Herz. Der Gaukler ging auf ihn zu und rief: „Wer bist du?" Er stand wie vor seinem Spiegelbild, die gleichen rot-weißen Beinkleider, die gleiche schwarze Samtjacke und die gleiche brokatene Haube. „Ich bin der Teufel!", sagte der Frem-de „du hast es mir leicht gemacht. Dein Schützling hat mir sein

Herz verkauft." „Und was gibst du ihm dafür?" schrie der Gaukler. „Leichtsinn, Lachen, Fröhlichkeit!" rief der Teufel und war verschwunden. Nun begann eine schwere Zeit für den Gaukler. Lysander war voller böser Einfälle und nicht mehr wiederzuerkennen. Die Mutter aber hörte nur sein Lachen und überschüttete den Gaukler mit Gold und Edelstein. Dieser wusste in seiner Not keinen Rat und ging an einem Abend heimlich zu der alten Frau. „Der Teufel hat das Herz versteckt", sagte sie, „wir müssen nur herausfinden, wo. Aber zeigt doch mal Eure Mütze her, ach, so was tragt Ihr auf Eurem Kopf? Es wird Zeit, dass Ihr die einmal putzt, wir wollen das schnell machen!" Die Alte holte ein feuchtes Tuch und rieb jede Perle einzeln ab. Da nahm sie noch ein trockenes Tuch, und indem sie die erst Perle rieb, hörte man die Töne einer Geige. Bei der nächsten Perle fing eine Flöte an zu jubilieren, und bei der dritten Perle blies irgendjemand Trompete. So ging es fort, bis alle Instrumente beisammen waren. Nein, es war einfach nicht zu begreifen. Die Musik hing in der Luft, und das war ein Klingen und Pfeifen, wie man es selten zu hören bekommt. „So weit wären wir", sagte die alte Frau, „und nun wollen wir weitersehen."

Sie schlug ein Tuch um ihre Schultern und ging hinaus. Der Gaukler folgte ihr. Draußen schwenkte sie die Mütze immer im Kreise herum und murmelte:

Perlen, Perlen, rührt euch schnell,
bringt uns eilig zu der Stell'
wo das Herz verborgen liegt,
wo es sich in Seide schmiegt.
Unter Erde, unter Steinen
muss es nach dem Knaben weinen,
der es längst vergaß.
Perlen, zeiget eure Kraft,
was ihr wirkt und was ihr schafft,
zeiget in den Sternenstunden,
löst euch, frei und ungebunden,
seid doch nicht aus Glas!

Da fiel die Mütze zu Boden, und aus jeder Perle wurde ein Vogel. Das war wunderbar anzusehen. Da gab es rote, gelbe, grüne Federn, betupft, gestreift und in allen Arten. Es war wie ein lebendiger Regenbogen. Diese Vögel zogen an feinen goldenen Ketten einen Wagen aus Kristall. Die alte Frau und der Gaukler stiegen hinein, und nun erhoben die Vögel ihre Schwingen. Der Wagen flog mit ihnen in die Luft. Nun kam die Musik immer näher. Als sie den Turm des Marschiertores erreichten, ließen die Vögel sich nieder. Die alte Frau sprang in eine Dachluke hinein, und der Gaukler, der ja recht beweglich und behende war, machte das gleiche. Nun standen sie beide auf einem Speicher und sahen auf den verschiedenen Balken Zwerge mit Musikinstrumenten sitzen. Eine Stimme aber sang dazu:

> *Suchet nun in aller Ruhe*
> *eine schwarze Eisentruhe.*
> *Jeder findet dort sein Teil!*
> *Gaukler, Gaukler, nimm dein Seil*
> *und ertanze dir die Gunst*
> *einer schwarzen Teufelskunst.*

Der Mann schaute nun in jeden Winkel, und da entdeckte er, unter Erde und Steinen versteckt, die Truhe. Er öffnete sie. Da lag das Herz in weiße Seide eingehüllt, und die alte Frau steckte es in ihre Schürzentasche. Jetzt stellten die Zwerge ihre Instrumente zur Seite und reichten dem Gaukler ein Seil. Er nahm es, warf es zur Luke hinaus, aber es fiel nicht auf die Strasse. Ein Vogel fing es mit seinem Schnabel auf und trug es weit fort. Das Seil wuchs. Der Vogel trug es bis zu dem Hause des reichen Knaben und band es dort an einen Steinengel fest, der dicht vor den Giebel stand. Der Gaukler sprang auf das Seil und tanzte leichtfüßig, bis er das Ende erreicht hatte. Die alte Frau war nicht mehr zu sehen. Als er in das Zimmer des Knaben kam, saß dieser in seinem Bett aufrecht und lachte. „Mir träumte, ich hätte mein Herz verloren," sagte er, „und heute bekam ich es wieder. Ach, mir ist so leicht und fröhlich zu Mute. Eine alte Frau mit meergrünen Augen brachte mir das Herz. Aber weißt du, ich habe nicht eher Ruhe, bis der Junge aus dem Nachbargarten zu mir kommt. Er singt so schön, gestern sah ich ihn auf der Mauer sitzen, zum ersten Mal. Ich sprach mit ihm, er ist so gut und freundlich. Dann ging er fort, und ich rief mit meiner Mutter lange nach ihm, aber er kam nicht mehr. Du musst mir nun helfen, ihn zu finden!". „O, das kann ich wohl gut," sagte der Mann und atmete tief auf, „ich will dir später alles erzählen." –

So kam der Sohn des Gauklers in das Haus des reichen Knaben, und sie wurden wie Brüder gemeinsam erzogen. Der Zauber war von Lysanders Seele gewichen, und er lebte froh und unbekümmert auf. In den Abendstunden aber war ihnen oft, als dränge jene sonderbare Musik durch den Garten, die der Gaukler gehört hatte. „Wir wollen die alte Frau noch einmal besuchen", sagte er, und die Kinder holten den Schlüssel, um die eiserne Tür aufzuschließen. Aber der Schlüssel dreht sich nicht mehr im Schloss, und sie stiegen alle über die Mauer. Das Haus war nicht mehr zu sehen und der Garten verwildert. Ein fremdes Kind saß im Gras und pflückte Blumen. „Wo ist denn das Haus, was hier stand?" fragte der Gaukler. „Hier hat kein Haus gestanden", sagte das Kind, „niemals".

(Marga Benner-Royé)

Elfenbrot

Vor vielen Jahren lebte an der Alzette eine fromme und tugendhafte Familie. Wegen ihrer Wohltätigkeit war sie weit und breit bekannt. Zwar gab es im anmutigen Tal der Alzette wohlhabendere Leute, aber niemand erwies den Armen so viel Gutes wie diese Familie.

Nun hausten aber zu derselben Zeit in den Bergen am jenseitigen Ufer der Alzette wohltätige Zwerge, die gewöhnlich 'Wichtelcher' genannt wurden. Diese waren stets bestrebt, Segen über Auen und Flur zu verbreiten, damit niemand in ihrer Nähe Not leiden und durch sein Wehklagen ihr stilles Wirken stören möchte. In kindlicher Lust kamen die Männlein jeden Abend aus ihrer unterirdischen Wohnung hervor, um sich auf den duftenden Wiesen in muntern Reigen zu ergötzen. Am Morgen bemerkte der muntere Landmann auf seinen Wiesen und Feldern die leichten Spuren des Elfentanzes und war nun eines doppelten und dreifachen Ertrages seiner Güter gewiss. Dem Lieblosen, dem Hartherzigen und Feindseligen jedoch kündeten diese Spuren gänzlichen Misswuchs an.

Eines Tages geschah es, dass der Vater jener edelgesinnten Familie mit seinem Sohne in der Nähe der Elfenwohnung pflügte. Auf einmal erscholl es aus der Tiefe wie das Rufen heller Kinderstimmen oder wie das Tönen zahlreicher Silberglöcklein. Der Landmann lauschte und vernahm klar und deutlich die Worte: „Mir ein Brötchen, mir ein Flädchen!" Das Treiben der kleinen Wesen ergötzte ihn sehr, und scherzend rief er: „Und mir einen großen Brotlaib!"

Wer beschriebt die Überraschung des Bauern, als er am andern Morgen bei seiner Rückkehr wirklich einen stattlichen Brotlaib neben seinem Pflug erblickte! Freudig hob er ihn auf, betrachtete ihn und las in der Kruste die Worte: 'Dem tugendsamen und wohltätigen Besitzer dieses Ackers von seine Freunden, den Bergelfen.' Er nahm das Brot mit nach Hause und erzählte den

Seinen, auf welch wunderbare Weise er in den Besitz desselben gelangt war. Das Erstaunen der guten Leute stieg auf höchste, als das Elfenbrot gar nicht abnahm, soviel man auch davon schneiden mochte. Sie dankten den lieben Männlein und freuten sich, weil sie nunmehr nach Herzenslust die Notdürftigen unterstützen konnten. Obschon sie fortan noch reichlichere Gaben spendeten, hob sich dennoch ihr Wohlstand mit jedem Jahr, und die ganze Gegend musste anerkennen, dass der Segen Gottes auf der Familie ruhte.

Viele Jahre waren schon verflossen. Das Haus der wackern Leute war aufgeblüht und zu einem der wohlhabendsten im Tale geworden. Die ersten Inhaber des Elfenbrotes schlummerten längst mit ihren Kindern im Schoss der Erde, und die Enkel verwalteten die Güter im Sinne der Heimgegangenen. Da schlich der Geist der Eitelkeit in das Herz der jungen Hausfrau, und sie ruhte nicht, bis sie, trotz des Verbotes ihrer seligen Ahnfrau, der Nachbarin das Geheimnis entdeckt hatte. Die Strafe folgte auf dem Fuße: Aus war es mit dem Elfenbrot! Wohl leben noch Nachkommen dieser frommen Familie an der Alzette, aber die Wichtelmännchen sind längst verschwunden. Die zunehmende Lieblosigkeit und Feinseligkeit der Menschen haben sie vertrieben. Der Ort aber, wo der Eingang zu der Behausung der Berggeister zu sehen ist, wird von den Bewohnern der Umgegend bis auf den heutigen Tag 'in den Wichtelchern' genannt.

(N. Steffen)

Die Schießschlangen

D ie Schießschlangen, welche viel länger waren als die
übrigen Schlangen, hielten sich gern an solchen Orten
auf, wo sie helles Wasser und kühlen Waldesschatten
fanden; denn sie mussten Wasser haben, um sich von Zeit zu
Zeit darin zu baden, und die Bäume waren ihnen besonders lieb
beim Spiel. Lustig schwangen sie sich von einem Baum zum
anderen oder ließen sich an einem einzelnen Baume herunter,
um sich dann wieder hinaufzuschwingen.

Was das Wunderbarste aber war, die Schießschlangen hatten
goldene Kronen auf dem Kopf, was sie besonders schön erscheinen ließ; auch ihr übriger Körper war mit schönen buntfarbigen
Ringen bedeckt. Dass diese Krone nicht aus einem hellschim-
mernden, farbigen Ringe bestand, den sie um den Kopf hatten,
geht daraus hervor, dass sie nach Aussage der Alten diese Krone
ablegen konnten. Besonders taten sie dies beim Baden. Sie
legten dann die Krone auf einen Stein, um sie nach dem Bade
wieder aufzusetzen. Lange konnten sie jedoch nicht ohne dieselbe sein. Wurde die Krone entwendet, so trauerte die Schlange
drei Tage lang, lief wütend umher, und am dritten Tage nahm sie
sich, wenn sie die Krone nicht wiederfand, das Leben, indem sie
den Kopf an einen Stein oder an einen Baum schlug, bis sie
leblos niedersank.

Einmal war es einer Frau gelungen, sich einer dieser Kronen
zu bemächtigen. Am dritten Tage fand man die Schlange mit
zerschelltem Kopfe an dem Stein liegenden, auf den sie ihre
Krone niedergelegt hatte.

Ohne Flügel konnten diese Tiere in der Luft fliegen und zwar
mit der Schnelligkeit eines abgeschossenen Pfeils. Daher auch
wohl ihr Name: Schießschlangen. Wenn etwas Lebendiges vor
der Schlange in der Luft daherflog, z.B. ein Vogel, so flog er ihr
in den Rachen. Durch eine geheimnisvolle, ihr innewohnende
Kraft zog ihn die Schlange an.

Mit den Drachen hatten die Schießschlangen das gemein, dass sie lange Feuerstrahlen aus ihren Rachen vor sich hersandten, wenn sie hoch in den Lüften daherflogen.

(N. Gredt)

Der gläserne Wald

Nicht nur unter den Menschen gibt es Unzufriedenheit, sondern auch unter den Bäumen.

Im Frühling, wenn die Sonne scheint und es genug Wasser zu trinken gibt, fällt es den Bäumen nicht schwer, zufrieden zu sein. Dann beginnt ein gewaltiges Knospen und Keimen, und zu den frischgrünen Blättern gesellt sich die Pracht der Blüten. Im Sommer zeigen die Bäume und Sträucher bei grünem Laub eine frohe Miene. Sie finden auch im Herbst ihr Dasein noch erträglich, wenn an die Stelle des vollen Grüns die Vielfalt der Farben vom hellen Gelb bis zum Purpurrot tritt. Wenn aber im Spätherbst der Sturmwind das Laubkleid von den Zweigen nimmt und Bäume und Sträucher kahl in der Landschaft stehen, glaubten sie einmal Grund zum Murren zu haben.

Die Kunde von ihrer Unzufriedenheit drang bis zum Thron des himmlischen Vaters. Der Herr lächelte milde und ließ den Schnee in dichten, weichen Flocken zur Erde niedersinken. Wie ein weicher, weißer Mantel legte er sich auf die Landschaft und hüllte sie schützend ein. In seiner unermesslichen Güte stellte der Herr die Frage: „Habe ich es nun recht gemacht?" Doch er erhielt zur Antwort: „Wir sehen jetzt zwar besser aus, aber die Menschen sagen, Du habest ein Leichentuch über uns ausgebreitet." „Soll ich euch vielleicht in ein gläsernes Gewand kleiden?" sagte unwillig der Herr, „euch etwa sogar mit Gold, Silber und Diamanten überschütten?" Keck erwiderten einige: „Gar nicht übel! Damit wären wir schon zufrieden." – „Gut, ihr eitlen Wesen", sprach der Herr, „euer Wunsch wird erfüllt." Am Abend begann es zu regnen, und es regnete auch noch am folgenden Tag. Überall schmolz der Schnee. Im Wald fing ein großes Weinen an. Die Bäume fürchteten sich, bald wieder kahl dazustehen. Da aber machte sich ein frostiger Nordwind auf. Sein kalter Atem ließ alles Wasser gefrieren. Die schützende Schneedecke verwandelte sich in eine Eisschicht. In Wald und Flur war alles wie mit einer starren durchsichtigen Eisschicht überzogen.

Aus den großen Städten kamen die Menschen in die im Sonnenlicht glänzende Natur. Sie freuten sich an der Schönheit des gläsernen Waldes. War der Himmel mit Wolken bedeckt, leuchtete er wie Silber. Sandte die Sonne ihre Strahlen hernieder, so blitzte es von den Abhängen, als sei die Märchenfee gekommen und habe reines Gold darüber geschüttet. In den Ästen und Zweigen funkelte es wie von unzähligen Diamanten.

Aber unter dem eisigen Panzer trugen Bäume und Sträucher recht schwer und bogen sich unter der Last. Wenn ein Wind aufkam, hörte man das Knacken und Brechen von Ästen und Zweigen. Jetzt wären die Unzufriedenen glücklich gewesen, wenn sie sich mit der schlichten Schneedecke begnügt hätten. Und langsam sahen sie ein, wie eitel und töricht ihre Wünsche gewesen waren.

(n. W. E. Arsbeck)

Warum Narzissen nicht duften

Ungefähr an der Stelle, wo heute die Perlbachmühle steht, befand sich vor undenklichen Zeiten das kleine weiße Marmorschloss von guten Feen, umgeben von Blumen, Sträuchern und unzähligen Blumen. Besonders Narzissen gab es in Hülle und Fülle, doch strömten sie – im Gegensatz zu heute – unwahrscheinlichen, geradezu betörenden Duft aus. Auf diesen Duft waren sie sehr und stolz hoben ihre Blütenköpfe selbstbewusst in die Höhe, damit nur ja jeder wahrnehmen konnte, welch ein köstlicher Duft von ihnen ausging. Dabei waren ihre

Blüten bei weitem nicht so leuchtend gelb wie heute; sie hatten etwas Lehmfarbenes an sich.

Damals hatte im Reich der Feen jede ihre bestimmte Aufgabe, und eine besonders hübsche war zuständig für die Blumen. Von Zeit zu Zeit trafen sich die weisen Frauen, wie die Feen im Märchenland genannt wurden, zu einer Besprechung, um ihre Erfahrungen auszutauschen. Eines Tages sagte die Blumenfee bei einer solchen Zusammenkunft: „Ich muss einmal herausfinden, ob die Blumen neben ihrer Schönheit auch ein gutes Herz haben." Also verwandelte sich in eine alte hässliche Frau und rieb sich mit einer überriechenden Flüssigkeit ein. Die anderen Feen hielten sich ihre empfindlichen Nasen zu und eilten schleunigst davon, denn ein gar schrecklicher Gestank ging von der Blumenfee aus.

Sie machte sich auf den Weg zu den Blumen und kam zuerst bei dem zarten Maiglöckchen an, das schnell die kleinen Blütenkelche schloss, als ihm der unangenehme Geruch des alten Weibleins in die Nase stieg. Die Alte bat das Maiglöckchen: "Gib mir ein wenig von deinem süßen Duft, denn niemand will etwas von mir wissen, weil ich alle mit meinem grässlichen Gestank abschrecke." „Aber ja, du armes, armes Weiblein", rief das Maiglöckchen, öffnete tapfer seine kleinen Blütenkelche wieder und spritzte schnell viele Tropfen seiner wohlriechenden Essenz auf die Kleider der alten Frau. „Hab' Dank, du liebe Kleine; von nun an sollst du noch wundersamer duften!" sprach die Blumenfee und wanderte dann weiter von Blume zu Blume und bat jede, die mit einem guten Duft ausgestattet war, ihr ein wenig von dem Wohlgeruch abzugeben. Alle Blumen erfüllten ihre Bitte; die einen gerne und mit freundlichem Lächeln, andere aus Mitleid mit dem alten Weiblein, und wieder andere taten's zwar, aber doch mit einem gewissen Widerwillen. Zum Beispiel zögerte die stolze Rose recht lange, ehe sie von ihrem Duft etwas abgab; schließlich tat sie es doch, aber mit abgewandter Nase.

Zuletzt kam die Blumenfee bei der Narzisse an, die eben zu jener Zeit noch einen herrlichen Duft verströmte. Als sie die alte Frau in den zerlumpten Kleidern kommen sah und der entsetz-

liche Gestank ihr entgegenschlug, schimpfte sie schon von weitem: „Scher dich von dannen, du stinkendes Scheusal, du verpestest die ganze Luft!" Als das Weiblein sie nun auch noch flehentlich um etwas Duft bat, lachte die Narzisse höhnisch und keifte: „Das könnte dir so passen; von mir bekommst du nicht einen Spritzer Duft, nicht einen Hauch!" Alles Bitten und

Betteln half nichts; die Narzisse schloss ihren Blütenkelch und tat, als sei die alte Frau Luft für sie.

Da verwandelte sich das Weiblein in sein ursprüngliche Gestalt zurück, und alle erkannten, dass es die Blumenfee war.

Die Narzisse erschrak bis in Herz, und ein Zittern durchlief sie vom Blütenkopf bis in die Wurzelknolle hinein. Sie bat händeringend um Verzeihung. Die Blumenfee aber sprach traurig: „Nie hätte ich gedacht, dass eine meiner Schützlinge so herzlos sein könnte. Als Strafe sollst du von jetzt an nicht mehr den geringsten Duft ausströmen."

Dann ging die Blumenfee fort und war selbst sehr traurig, dass sie ein solches Urteil aussprechen musste, aber Lieblosigkeit wurde im Feenreich hart bestraft.

Nachdem die Blumenfee verschwunden war, streichelte das Schneeglöckchen, das wegen seiner Duftlosigkeit oft von der Narzisse mit Spott und Geringschätzigkeit bedacht worden war, ganz zart und mitleidig ihre Blumenschwester und tröstete: „Nimm es doch nicht so schwer; schau, ich bin schon immer ohne Duft und freue mich doch meines Lebens. Tu's auch und lass uns Freunde werden. Gemeinsam trägt man alles leichter!" Der Narzisse liefen Tränen über das lehmfarbene Blütengesicht, und das Schneeglöckchen weinte mit.

In ihrer Traurigkeit hatten sie nicht gemerkt, dass jemand vor ihnen stand; es war Samarita, jene Fee, die für Kummer und Krankheit der Blumen und Pflanzen zuständig war. Sie versuchte immer zu heilen, zu helfen und zu lindern. Zufällig war sie des Weges gekommen und hatte das Gespräch der beiden traurigen Blumenkinder belauscht.

Als das Schneeglöckchen die Fee erkannte, bat es inständig: „Gib der Narzisse ihren Duft zurück, damit sie wieder froh sein kann." „Das ist mir nicht möglich", gab die Heilefee, wie sie genannt wurde, zur Antwort. „Eine gerechte Entscheidung meiner Schwester kann ich nicht rückgängig machen; aber als Ersatz für den Duft will ich ihre Blüte ganz leuchtend machen."

Sie hielt die Hände flach über den Blütenkopf und sprach die Zauberformel: „Flora, Florissima, Sonnenschein, von jetzt an sollst du ganz leuchtend sein!".

Sofort wurde aus der lehmfarbenen Narzisse eine strahlend gelbe. Die anderen Blumen, die Käfer, Schmetterlinge und Vögel staunten, wie schön sie nun war.

Bis zum heutigen Tag hat die Narzisse ihren Duft nicht wiederbekommen, aber sie vermehrte und vermehrte sich, und das ganze Perlbachtal wurde im Frühling zu einem leuchtend gelben Paradiesfleckchen und ist es bis in unsere Zeit geblieben.

Wenn die Wanderer ihre traditionellen Narzissenwanderung machen, schauen die guten Feen aus ihrem Wolkenkuckucksheim, in dem sie jetzt wohnen, wohlwollend auf sie herab. Sie wissen: jung und alt in dieser Gruppe hat sich dem Naturschutz und der Hege und Pflege der Pflanzen und Blumen, gerade auch derer im Perlbachtal, verschrieben.

Deshalb können diese fröhlichen Wandergesellen auch der Liebe und Zuwendung der weisen Frauen aus dem Märchenland gewiss sein.

(Rosemarie Bierganz)

Das Muttergottesgläschen

In einer weit zurückliegenden Zeit kam die Gottesmutter einmal vom Himmel auf die Erde. Sie hatte Sehnsucht nach den Menschen, nach grünen Wiesen und Feldern und nach ertragreichen Weinbergen. Es war im lieblichen Monat Mai, als sie durchs Moseltal spazierte und vom süßen Duft der Blumen und Bäume ganz entzückt war.

Nach der langen Wanderung in der Frühlingssonne hatte Maria mit einem Mal Durst. Wohin sie auch sah, es war kein Haus und kein Hof in der Nähe. Es floss nicht einmal ein Bächlein aus den Eifelbergen herab, an dem sie ihre trockenen Lippen hätte benetzen können. Während sie traurig und erschöpft weiter ihres Weges ging, bog unverhofft ein Winzer mit einem Pferdekarren um eine Ecke. Er hatte ein großes Fass mit Wein geladen, und das Pferd musste mächtig an der Last der Karre ziehen.

Eben wollte das Gefährt an einer Wegekreuzung abbiegen, da

blieb der Karren mit einem heftigen Ruck in einem Schlagloch stecken. So sehr der Winzer ein Wagenrad anschob, so sehr er das Pferd mit Hü und Hott und zu guter Letzt mit Peitschenhieben vorantrieb, der Karren wollte nicht von der Stelle.

Eine Zeitlang stand der Winzer ratlos neben seinem Gefährt. Da kam Maria herbeigeeilt und sprach: „Guter Mann, ich habe schrecklichen Durst. Könnt Ihr mir einen Becher von Eurem Wein schenken." Ohne langes Federlesen trat der Winzer an sein Fass. Da erst bemerkte er, dass er kein Trinkgefäß hatte, um den Wein einzuschenken. Hilflos blickte er die Mutter Gottes an und wusste keinen Rat.

Was tat die himmlische Frau? Sie bückte sich am Feldrand nieder und pflückte eine Windenblüte ab. Lächelnd reichte sie diese dem Fuhrmann. Der hielt sie gleich unter den Fasshahn und füllte sie bis an den Rand mit köstlichem Wein. Maria trank einige Becherlein und dankte dem freundlichen Winzer. Als dieser darauf sein Pferd antrieb, da rollte das Fuhrwerk voran, als habe nie ein Hindernis die Fahrt unterbrochen.

Seit dieser Zeit trägt die Winde bei uns den liebliche Namen Muttergottesgläschen.

(n. Reinhold Wagner)

Die Zwergenstühlchen

Ein habgieriger Bauer hatte im Walde zu tun. Er nahm einen Sack mit, um nach der Arbeit Tannen- und Kiefernzapfen zum Feueranzünden daheim zu sammeln. Dabei war es ihm recht spät geworden. Missmutig hing er seinen Sack über die Schulter und ging über Wiesen hin heimwärts.

Als Mondschein aufkam, wählte er bei einer dicken Tanne den Weg durch ein Tälchen abwärts. Er kam an ein Brückchen, von wo sich das Tal zu einem Wiesengrund öffnete. Da sah er Zwerge im Mondenschein tanzen. Juchhe, war das schön! Der Bauer schlich so nahe an die Tanzenden heran, wie es nur ging. Wie zierlich hatten die sich an den Händen gefasst und wie anmutig schwangen sie sich rund im Reigen, dass man nicht sah, wie die Füßchen die Erde berührten! Aber als sie müde geworden waren, schritten sie auf die Stelle zu, wo der Bauer war. Der bekam einen Schrecken und wollte fortlaufen. Doch die Zwerge setzten sich vor ihm nieder. Doch was war das? Das hatte er vorher gar nicht gesehen! Da standen im Kreis viele Stühlchen, und alle waren mit Purpur gedeckt.

Der habgierige Bauer dachte nun an nichts anders mehr, als in den Besitz der kostbaren Stühlchen zu kommen. Und richtig! Er schien Glück zu haben. Die Zwerge erhoben sich wieder, schritten würdevoll über die mondbeglänzte Wiese, neigten sich einander zu, fassten sich an den Händen und schwebten auf und nieder.

Da bückte sich der Bauer und stopfte all die kleinen Stühle in seinen Sack hinein. Er sah nicht, dass ihm der würdevollste der Zwerge mit dem Finger drohte. Er hörte auch nicht das helle Kichern, das hinter ihm herklang. Er eilte nur, so schnell er konnte, nach Hause.

Kaum hatte der Bauer dort ein Licht angezündet, öffnete er seinen Sack und schüttete behutsam die feinen Stühlchen auf den Tisch. Aber ach! Nichts als Fliegenpilze kamen hervor.

Seit dieser Zeit heißen die Fliegenpilze allgemein Zwergenstühlchen.

(n. H. Rahm)

Die überlistete Schießschlange

Einst gingen mehrere Holzbauer zusammen in den Wald, um Bäume zu fällen. Als sie um Mittag das von ihren Frauen gebrachte Essen eingenommen hatten, überließen sie sich der Ruhe. Einer von ihnen legte sich auf den Rücken und fiel sofort, wie sein lautes Schnarchen verriet, in einen sehr tiefen Schlaf. Die anderen schmauchten ihre Pfeifen und plauderten zur Kurzweil von mancherlei Dingen. Plötzlich bemerkte einer der Raucher eine große Schießschlange auf dem Baume, worunter der Schläfer lag. Er sage es seinen Kameraden, und diese nahmen eine Axt, legten sie mit der Spitze nach oben dem Schläfer aufs Herz und entfernten sich.

Sobald die Leute den Platz verlassen hatten, schoss die Schlange auf den arglosen Schläfer nieder, um ihm ihre giftigen Zähne ins Herz zu schlagen. Allein diese wuchtige Schnelligkeit war ihr Verderben. Sie spaltete sich selbst an der haarscharfen Axt den Kopf und fiel leblos an dem durch den heftigen Stoss erwachten Holzbauer nieder. Sogleich eilten die Kameraden herzu, nahmen die wertvolle, mit sehr kostbaren Diamanten besetzte Krone und verkauften sie. Das viele Geld, das sie dafür bekamen, teilten sie unter sich und waren gemachte Leute, so lange sie lebten.

(N. Warker)

Die Haustiere während der Heiligen Nacht

Unter dem Volke herrscht die althergebrachte Meinung, dass die Haustiere während der hl. Christnacht sprechen können. Der Ochse, dessen Vorfahr bei der Geburt des Heilandes im Stalle zu Bethlehem zugegen war, erzählt, was die Evangelisten von dieser denkwürdigen Nacht vergessen hatten, in die heiligen Bücher aufzuschreiben. Außerdem besitzt der Ochse in der geheiligten Nacht die Gabe, die Zukunft vorherzusagen. Der Hahn erinnert daran, dass Petrus seinen göttlichen Herrn und Meister dreimal in der Leidensnacht verleugnete. Das Lamm gedenkt seiner unschuldigen Spiele mit dem göttlichen Kinde und dem hl. Johannes dem Täufer. Am meisten spricht der Esel; denn er berichtet von der langwierigen und beschwerlichen Flucht, welche er mit der hl. Familie nach Ägypten machte. Er erzählt, wie der hl. Josef mit der allerseligsten Jungfrau und dem Christkindchen eines Tages während dieser mühevollen Reise durch die weite Wüste fast vor Durst verschmachteten. So weit dass kummervolle Auge des Nährvaters Christi auch hinschweifte, nirgends konnte er eine Oase entdecken, wo er seine Lieben im Schatten grüner Bäume hätte ausruhen lassen oder mit einem Trunke kühlen Wasser hätte erquicken können. Endlich begegnete ihnen ein Karawanenzug, und der hl. Josef bat die Reisenden um etwas Wasser. Allein das hartherzige Volk wies den Heiligen grausam ab und zog höhnisch lachend weiter. Da fing das Christkind an zu sprechen und verurteilte die unbarmherzigen Menschen und ihre Nachkommen. Seit dem irren ihre Abkömmlinge noch immer heimatlos und ohne bleibende Wohnstätte in der Welt umher.

Für den Menschen ist es jedoch nicht ratsam, das Gerede der Haustiere während der heiligen Nacht zu belauschen. Oft beklagen die Tiere sich auch über die im Verlaufs des Jahres erduldeten Misshandlungen; und zuweilen sagen sie auch Unglücksfälle voraus, welche in dem kommenden Jahre geschehen sollen.

Nun war einmal ein Hofmann, der war zwar sehr brav und fromm; aber er war auch sehr vorwitzig und wollte einmal wissen, wovon seine Ochsen in der Christnacht sprächen. Der Vorabend von Weihnachten kam heran. Der Pächter bewaffnete sich mit einer haarscharfen Axt, um sich nötigenfalls damit gegen eine Gefahr zu verteidigen, trat in den Rinderstall und versteckte sich in einer Ecke unter einem Bündel Stroh. Draußen blies ein scharfer Nordost, und in Millionen Flocken wirbelte der Schnee um die kreischende Wetterfahne auf dem Dache. Da schlug es Mitternacht. Und als der letzte Schlag verklungen war, verkündeten die Glocken vom Kirchturm herunter in allen Hütten das fröhliche Ereignis von der Geburt des Heilandes.

Plötzlich hörte der Pächter eine seltsame Stimme im Stalle. Es war einer der Ochsen, welcher seinen Kameraden fragte: „Freund, was werden wir wohl morgen tun?" – „Morgen führen wir unseren Herrn auf den Kirchhof hinaus!" versetzte der andere. Als der Hofmann dieses hörte, wurde er bleich vor Zorn. Er sprang aus seinem Versteck hervor, stürzte mit hochgeschwungener Axt auf den zweiten Ochsen zu, um ihn zu strafen, und rief: „Das hast du gelogen, dummes Tier! Hier will ich dir –!"

Doch o Wunder! In demselben Augenblick wurde die dem Ochse drohende Axt von unsichtbarer Hand umgewendet, und

der Schlag traf dem Hofmann mitten an die Stirne. Leblos fiel der Mann zu Boden und färbte das Stroh mit seinem Blute.

Am anderen Morgen verkündete düsteres Sterbegeläute, dass ein Leichenzug sich nach dem Kirchhofe bewege. Auf einem Wagen, welchen zwei Ochsen langsam dahinzogen, stand ein mit schwarzen Tüchern bedeckter Sarg, worin die Leiche des Hofmanns zur ewigen Ruh gebettet lag.

Da es nun für den Menschen nicht gut ist, zu erfahren, wovon die Ochsen in der Christusnacht sprechen, so lässt jeder Bauersmann überall, wo die Sage von dem unglücklichen Hofmann erzählt wird, in der geheiligten Nacht seine Tiere reichlicher als gewöhnlich in seiner Gegenwart füttern, damit dieselben ruhig schlafen sollen. Und der Bauersmann tut wohl daran, wenn er den Tieren einige Bündel Heu oder Stroh mehr reichen lässt, um sie nicht sprechen zu hören.

(n. Warker)

Das wundersame Brot

Brot hat es in der Eifel nie im Überfluss gegeben. Nur durch schwere Arbeit konnte dem kargen Boden die oft kümmerliche Grundnahrung abgerungen werden. In früheren Zeiten kannte man noch keinen Kunstdünger. Nach einer Getreideernte musste der ausgelaugte Boden meist ein Jahr ruhen, bevor er wieder eine karge Ernte hervorbringen konnte. Das oft magere Vieh in den kleinen Ställen gab für eine ausreichende Düngung nicht genügend Mist.

In Mutscheid, auf der Wasserscheide zwischen Erft und Ahr, pflügte nach einem harten Hungerjahr eines Tages ein armer Bauer seinen steinigen Acker. Nein, was für Steinbrocken da wieder hochkamen! Dabei hatte schon sein Vater ganze Steinhaufen gesammelt und auf den Feldweg geworfen. Man sollte meinen, die Steine wüchsen aus dem Erdinnern immer wieder nach. „Wenn das nur Brot wäre", dachte der Bauer. Aber Brot wächst nicht so leicht aus dem Boden, das muss mühsam erarbeitet werden.

Als der Bauer am Ende das Ackers wendete und die nächste Furche anschnitt, sah er dort, wo er soeben noch alle Steine herausgeholt hatte, einen besonders großen, fast kreisrunden Stein liegen. „Nanu", dachte er, „wie konnte ich diesen Brocken übersehen! Ob das nicht wieder so ein Stück aus der Zeit der Heiden ist? Sie sollen ja lange hier in der Eifel gehaust haben." Manchmal pflügte man vielerorts noch Dachziegel oder Mauerstücke von ihren Häusern ans Tageslicht.

Der Bauer ließ die beiden Ochsen halten und bückte sich nach dem Stein. Aber nein, was war den das? Dieser Brocken war ja nicht so schwer, der hatte wohl ein Gewicht von vier bis fünf Pfund. Steine von diesem Umfang aber wiegen gut und recht ihre dreißig Pfund, wenn nicht noch mehr. Der Bauer drehte den Fund herum und drückte drauf; die Oberfläche gab nach. „Teufelskram!" schimpfte er und warf den 'Stein' weg. Ohne sich nochmals umzudrehen, zog er die nächste Furche, wendete und kam zurück. Da – es war nicht zu glauben - da lag der Brocken mitten auf der Strecke, die Ochsen standen still und weigerten sich, weiterzugehen. Der Bauer bekreuzigte sich und rief: „Wenn du Teufelswerk bist, dann verschwinde von meinem Acker!" Der Brocken aber lag weiterhin da, und die Ochsen weigerten sich auch nach einem Peitschenknall, darüber hinwegzuschreiten. Nun hob der Bauer den Fund ein zweites Mal auf und hob ihn zu seiner Nase und roch daran. Kein Zweifel: Das war Brot, schönes, festes Eifelbrot, ein bisschen dunkel gebacken, gewiss, aber immerhin gutes Brot. Dem Mann lief das Wasser im Mund zusammen. Er klappte sein Taschenmesser auf, zeichnete nach gutem altem Brauch mit der Klinge ein großes Kreuz auf den Brotlaib und schnitt sich eine Kante ab. Nein, so gut konnte niemand backen, so locker und doch so einheitlich und knusperig. Und wie das schmeckte! Als ob gute Butter drauf wäre, ganz frische Butter, nicht nur so versalzendes Zeug, das man selbst aß, wenn es die Ehefrau auf dem Markt in Münstereifel oder Euskirchen nicht mehr losgeworden war.

Der Bauer aß sich satt, legte den angeschnittenen Laib auf

seine Jacke am Ende des Feldes und pflügte weiter. Dabei zerbrach er sich den Kopf, woher dieses ausgezeichnete Brot wohl käme. Wer hatte es gebacken und wer hatte es auf seinen Acker gebracht? Von geheimnisvollen Kräften im Eifelboden, von den schaffenden und wohltätigen Heinzelmännchen wusste er nichts. Sie aber hatten die steten Seufzer des Bauern vernommen und ihm den Brotlaib neben die Furche gelegt, weil er ein fleißiger und rechtschaffener Mann war.

Als der Bauer beim Untergang der Abendsonne nach Hause fahren wollte, holte er seine Jacke und das Brot. Aber Wunder über Wunder: Der Laib war wieder ganz. Er trug das Brot wie eine große Kostbarkeit nach Hause, und als er daheim seiner Frau, der Kathrin, alles erzählte, wollte auch diese zuerst an Teufelswerk glauben. Auch sie bekreuzigte sich: „Im Namen des Vaters, des Sohnes und des Heiligen Geistes, Amen!" Aber das Brot verschwand nicht vom Tisch, es lag da und duftete und wollte gegessen werden. Darauf warteten mit großen Augen die Kinder.

An diesem Abend war die Kartoffelsuppe besonders kräftig; denn die Bäuerin hatte fast das halbe Brot hineingeschnitten. Wie die Kinder schmatzten! Es war fast wie eine Kirmessuppe, obschon kein einziges Stückchen Fleisch im Topf war. Zufrieden und satt gingen alle zu Bett, nachdem sie andächtig ihr Nachtgebet verrichtet und ein Vaterunser für den unbekannten Wohltäter und Spender des herrlichen Brotes gesprochen hatten.

Nach dem Melken in der Frühe des folgenden Morgens ging Kathrin in die Küche, um für das Frühstück einen Milchbrei zu bereiten. Vorher weckte sie die Kinder. Ihr Mann war bereits im Stall und fütterte das Vieh. Sie kratzte die Asche von der Glut im Herd und legte trockenes Holz darauf, dass es hell aufleuchtete. Und dann tat Kathrin eine Schrei, worauf ihr Mann aus dem Stall herbeistürzte. „Josef!" rief sie, „Josef, jetzt habe ich aber wirklich Angst. Josef, das ist Hexerei! Das mache ich nicht länger mit. Heute mache ich eine Wallfahrt zum Michelsberg, nein, nach Barweiler wallfahre ich, denn wir haben die Hexerei im Haus. Schau nur, Mann, das Brot ist wieder ganz! Wir haben doch gestern zur Kartoffelsuppe mehr als die Hälfte gegessen, und jetzt ist das Laib wieder vollständig da. Das geht nicht mit rechten Dingen zu, Josef." Der Bauer beruhigte seine Frau: „Nun schrei doch nicht so, Kathrin, und lass die Kinder nichts merken. Es ist keine Hexerei, das ist Wunderbrot, das uns der Herrgott geschenkt hat. Sprich mit keinem Menschen drüber, Kathrin, sag es niemanden, keinem Menschen, verstehst du...!"

Täglich aßen sie nun von diesem Brot; abends war immer nur eine kleine Kante übrig, aber jeden Morgen lag das Brot wieder wie unangebrochen da. Auch tagsüber, wenn die Kinder aus der Schule kamen und ihre Brotschnitte mit Schmalz oder Waldbeermus bekamen, wuchs das Brot immer wieder so weit nach, dass für die Abendsuppe mehr als reichlich vorhanden war. Kathrin hatte es so gut wie noch nie. Sie brauchte nicht mehr selbst zu backen. Man konnte das Getreide verkaufen. In Münstereifel und in Euskirchen, wo die Leute die Hungersnot des vergangenen Jahres noch nicht verwunden hatten, zahlte man schönes Geld für Roggen oder Mehl. Man wunderte sich darüber, dass die Bauernfamilie aus der Mutscheid so viel und so schönes Mehl verkaufen konnte. Von dem Erlös kaufte Kathrin allerlei Kram für den Haushalt und auch eines jener bunten Tücher, die man in der Stadt trug. Es war ein wirklich schönes Tuch mit einem türkischen Muster und langen Fransen. Wenn Kathrin damit sonntags zur Kirche kam und langsam an den Bänken entlang nach vorne schritt, die Kniebeugung besonders langsam machte, damit alle sie bewundern konnten, dann sah sie nicht mehr wie eine Bäuerin aus dem armen Mutscheid aus, sondern wie eine Madame aus einem Bürgerhaus von Münstereifel oder Euskirchen. Schließlich machte sich der Teufel Hoffart an Kathrin heran und flüsterte ihr ins Ohr: „Lächerlich, immer nur Brot! Wenn an diesem Wohltäter was dran wäre, dann hätte er euch den Laib Brot in einen weißen Wecken verwandelt oder wenigstens in ein anständiges Weizenbrot."

Und genau das, was ihr der Teufel an Hochmut und Hoffart eingegeben hatte, das wiederholte Kathrin daheim angesichts des Brotes und sah nicht, wie ihr Mann Josef vor Schrecken blass wurde und gebannt auf das wundersame Brot blickte. Wie üblich nahm Kathrin das große Messer zur Hand und wollte eine Kante abschneiden, da knirschte der Stahl – das Brot war zu Stein geworden.

(n. P. C. Ettighofer)

Das Totenhemdchen

Seit ihr Kind gestorben war, fand eine Mutter in einem Eifeldorf keine Ruhe mehr. Sie weinte Tag und Nacht. Nichts und niemand vermochte sie von ihrem Schmerz abzulenken, nichts ihr Trost zu spenden. Ihre Angehörigen, ihre Freundinnen und Bekannten versuchten alles Mögliche, um der verzweifelten Mutter zu helfen; doch alles war vergebens.

Jeden Tag zog es die junge Frau zum Friedhof hin. Dort ließ sie ihren Tränen freien Lauf. Sie benetzte die Erde, die ihr liebes Kind umschloss. Wie schön war es doch im Leben gewesen, blond und lockig, mit strahlend blauen Augen, so blau wie der Himmel über den Bergen.

Am Vorabend des Dreikönigstages kniete die Mutter wieder am Grab ihres Kindes und weinte herzzerbrechend. Plötzlich sah sie durch den Tränenschleier in der Dunkelheit eine Kinderschar heranziehen. Sie schlossen einen Kreis um die verzweifelte Mutter. Als die Frau in die lächelnden Kindergesichter blickte, versiegten ihre Tränen, denn sie hoffte, in der Kinderschar ihr verstorbenes Kind zu sehen.

Das letzte Kind folgte der Schar müde und traurig. Es trug ein nasses Totenhemdchen und schleppte einen Krug, den es kaum zu heben vermochte. Da erkannte die Mutter in ihm ihr Kind. Sie nahm es liebkosend in ihre Arme und bedeckte sein trauriges Gesichtlein mit Küssen. Das Kind aber sprach: „Mutter, wie freut es mich, dich zu sehen! Wie warm deine Hände sind! Mutter, du darfst nicht mehr so viel weinen! Schau, ich muss all deine Tränen in diesem Krug sammeln. Je mehr du um mich weinst, umso voller und schwerer wird der Krug, den ich fast nicht mehr tragen kann. Schau nur, wie die Tränen überfließen und mein Hemdchen nass machen!"

Da flüsterte die Mutter begütigend: „Ich will nicht mehr weinen." Sie drückte noch einmal ihr Kind an ihr Herz. Dann zog die Kinderschar weiter. Und die Mutter weinte nicht mehr.

(N. N.)

Die Neunhollen

Es gab einmal eine Zeit, da lebten im Wald noch die kleinen Moosleute oder Neunhollen, wie die Männlein auch hießen. Wenn sich im Herbst die Blätter färbten und Stürme über die Berge und durch die Täler brausten, schlüpften sie aus ihren Verstecken ins freie Feld. Dort sprangen sie dann hin und her, bis der Sturmwind sie aufnahm und zu den Wohnungen der Menschen trug, wo sie den Winter verbrachten Tagsüber schliefen sie im Backhaus über dem warmen Ofen. Nachts dagegen hockten sie um den Herd in der Küche, hüteten die Glut in der Asche oder machten sich irendwie wie in Haus und Hof nützlich.

In einem alten Bauernhaus trieben sie zuweilen auch gern mal ein Späßchen. Sie mischten zum Beispiel dem Bauer Maikräuter unter den Tabak, und wenn der Alte anderen Tages sein Pfeifchen rauchte, duftete davon das ganze Haus. Dann lobte er seine gute Frau, weil er meinte, sie habe ihm den feinen Tabak gekauft, um ihn damit zu erfreuen.

Herbst und Winter vergingen. Kaum wehten die ersten Frühlingswinde mild übers Land, feuchteten die Männlein ihren Zeigefinger mit Speichel an und hielten ihn zum Schornstein hinaus. Blies der Wind aus der richtigen Ecke, atmeten sie ihn tief in sich ein und ließen sich wieder davontragen zu ihren Wohnungen im Wald. So ging das hin über viele Jahre, und im Haus des Bauern waren Glück und Zufriedenheit.

Dann kam ein Herbst, da fanden die Männlein die gute Frau auf dem alten Hof nicht mehr vor. Sie war gestorben, und der Bauer hatte sich eine andere genommen, die schaltete und waltete mit Geschimpf und Strenge. Das wollte den Neunhollen nicht recht gefallen, und sie überlegten, wie sie es ändern könnten.

Eines Tages hatte die Bäuerin Brotteig vorbereitet, den wollte sie am nächsten Morgen verarbeiten. Da buken die Männlein in der Nacht vierzehn große, runde Brote daraus und stellten sie auf die Treppe. Als die Frau in der dunklen Frühe aus der Schlafkammer hinunter wollte, stolperte sie über die Brote und fuhr auf ihnen wie auf Rädern hinab, fuhr durch die Stubentür gegen den Tisch, die Stühle, die Schränke, zerbrach alles Gerät und Geschirr und blieb endlich verheult und zerschunden unter einem Haufen Trümmer liegen.

Die Bäuerin wurde zwar wieder gesund, änderte sich aber nicht. Sie trieb es sogar noch ärger, und es schien, als habe sie auch das Glück unter ihre Gewalt genommen. Die Scheunen füllten sich nämlich wie nie zuvor, und im Rauchfang hingen Schinken, Würste und Speckseiten in solcher Zahl, dass sich die Haltestangen bogen.

Da klopfte es am Dreikönigstag abends zaghaft an die Tür, und eine Frauenstimme sang müde:

> *Stell die Leiter an die Wand*
> *nimm das Messer in die Hand,*
> *lass das Messer blinken,*
> *schneid ein Stück vom Schinken!*

Danach hustete es hohl, und eine Kinderstimme fuhr fort:

> *Ich bin ein kleiner König,*
> *gib mir nicht zu wenig!*

Die Bäuerin riss die Tür auf. Da stand draußen eine Frau mit einem kleinen Jungen, der trug eine Dreikönigskrone und in der Hand einen Stecken, daran war oben ein vergoldeter Holzstern befestigt.

„Gebt uns ein Stückchen Brot oder was ihr sonst wollt!" sagte die Frau. „Mein Mann ist tot, mein Kind ist krank, und so arm sind wir: Wir müssen fast immer hungern!"

Doch die Bäuerin schenkte ihr nur einen bösen Blick und fuhr sie an: „Scher dich hinweg, du Bettelweib, oder ich hetze die Hunde auf dich!"

Sie hatte das letzte Wort noch nicht ganz aus dem Mund, da brauste und grollte es rings um das Haus. Erschreckt hielt sich die Bäuerin die Ohren zu und rannte wie ein Irre zur Küche.

Dort stürzten die Schinken, Würste und Speckseiten aus dem Rauchfang in die Glut auf dem Herd. Es zischte, qualmte und sprühte Funken und Feuer, und im Nu stand rundherum alles in hellen Flammen. Zur selben Zeit stoben am Schornstein die Neunhollen hinaus und lachten, dass es aus allen Ecken gellte.

Die Nachbarn eilten zum Löschen herbei. Doch fraß sich das Feuer trotz Brandeimern und Spritzen durchs ganze Haus. Es fraß sogar die Scheunen und Ställe mitsamt der Bäuerin. Die Neunhollen aber suchten sich eine Unterkunft, wo noch Menschen wohnten, die barmherzig und gütig waren.

(n. B. M. Steinmetz)

Der Bücheler Turm

Dicht hinter Büchel links von der Strasse nach Ulmen steht auf einem Hügelrand im Felde eine niedrige wuchtige Turmruine. Sie ist das Wahrzeichen des Ortes und wird von allen Wanderern fragend angestaunt. Ehe sie von verständnisvollen Leuten umgebaut und ausgebessert wurde, hatte sie das Aussehen einer riesigen steinernen Hütte. Wenn der Wanderer die Dorfleute fragte, welchem Zweck sie früher gedient habe, dann hörte er stets, der Turm sei der Unterbau einer großen Windmühle gewesen. Seitdem man aber versucht hatte, den am Fuß des Turmes gelegenen Hörterweiher für Fischzucht geeignet zu machen, ist man über seine Geschichte besser unterrichtet. In einer Tiefe von reichlich vier Metern fand man nämlich damals ganz in Schlamm vergraben eine riesige Kiste, die zum Staunen der ganzen deutschen Wissenschaft die Staatsakten des untergegangenen Königreichs Froschalien enthielt.

Vor vielen hundert Jahren war der Hörterweiher wie auch heute noch von zahlreichen Fröschen bewohnt. Sie sangen friedlich und selig in die lauwarmen Sommerabende hinein. Nun war ein Paar darunter, das so klangvolles Gequake über die Wasser sandte, dass die anderen Frösche mit ihrer Bewunderung nicht

zurückhalten konnten. Leider waren sie aber in ihrer Anerken-
nung zu maßlos. Die beiden tüchtigen Sänger wurden nämlich
stolz und eingebildet. Sie trugen die Köpfe hoch, reckten die
Hälse empor, stellten sich auf die Zehen, warfen sich in die
Brust, gingen hochtrabend einher und waren hässlich aufgebla-
sen; und von dem vielen Recken und Strecken, dem Hochtragen
der Nase und all der ungemessenen Überhebung wurden sie
tatsächlich und wahrhaftig bedeutend größer und stärker als die
anderen Frösche des Weihers. Ja, es kam so weit, dass diese sich
vor dem großen Paar nicht wenig fürchteten. Sobald die beiden
das merkten, nutzten sie ihre Größe und Kraft rücksichtslos aus
und verkündeten eines Tages: „Der Hörterweiher bildet von nun
an unter dem Titel Froschalien ein eigenes Königreich, und wir
sind als Quiquakius I. und Subaqualis I. seine Beherrscher." Da
waren alle Frösche tieftraurig; denn ihre Freiheit, das fühlten
sie, war für allzeit dahin. Aber aus lauter Angst riefen sie trotzdem: Es lebe König Quiquakius! Hoch das Königreich Froschalien! Ja, manche, die Minister zu werden gedachten, riefen
sogar schon: Vivat Quiquakius der Große!

Der neue König sorgte vortrefflich für sein Reich. Seinen
Haupteifer verwandte er auf eine gründliche Volksbildung. Er
ließ Blätter von Sumpfpflanzen bedrucken und planmäßig vom
Winde über den ganzen Weiher verbreiten. Die Frösche legten
sich bequem auf den Rücken und lasen mit himmelwärts gerichteten Augen die heranschwimmende Weisheit. Dann wurde auch
eine Armee Luftspringer ausgebildet. Sie hatten die Aufgabe,
alle Fliegen, die sich über dem sumpfigen Königreich zeigten,
aufzuschnappen. Dadurch hob sich die Lebenshaltung außeror-
dentlich. Kurz, für Leib und Seele war gesorgt, und jeden Tag
hörte man rufen: „Hoch Quiquakius der Große, hoch Froschalien, hoch unsere Armee, ein Bravo unserer Presse!"

Als das Froschkönigspaar seine Herrschaft gefestigt sah, ver-
langte es einen würdigen Palast auf dem Höhenrand über dem
Weiher. So riesenhaft groß waren beide, dass auch an der tief-
sten Stelle des Weihers das Wasser sie nicht mehr bedecken
konnte. Dazu hatten sie im Lauf der Jahre sieben Prinzen bekommen, die ebenfalls ungeheuer groß waren. Alle Frösche

stimmten zu. Aus Schlamm wurden Ziegel und Mörtel hergestellt, und bald erhob sich auf der Höhe ein stattlicher Königspalast, der sich zauberisch in dem Wasser des Weihers spiegelte. Neben das Schloss wurde von den Menschen der Umgegend, eine gewaltige steinerne Bütte gebaut. Sie sollte das Regenwasser auffangen, damit das Königspaar nicht mehr in den Weiher zum Bade hinabsteigen müsse und dann auch, damit die sieben Riesenprinzen darin samstagsabends für den Sonntag gewaschen werden konnten.

Als die froschkönigliche Familie die Burg bezogen hatte, gründeten die Frösche im Weiher den Gesangverein Quischquatschquakia. Er stellt sich die Aufgabe, jeden Abend mit süßen zaubervollen Melodien die hohen Herrschaften in den Schlaf zu wiegen. Hierbei geschah nun eines Tages ein fürchterliches Unglück. Der Frosch, der die metallenen Becken bediente, schlug, hingerissen von der Schönheit des Gesanges, seine Instrumente so gewaltig, dass es in einemfort Funken gab.

An einem dieser Funken entzündeten sich plötzlich leider Gottes die aus dem Wasser aufsteigenden Gase, und es bildete sich ein flackerndes Irrlicht. Das schwebte hin und schwebte her und saß schließlich auf dem Dach der Froschburg fest. Im Nu stand das Dachwerk in Flammen, und bald brannte der ganze Bau lichterloh. Ein ergreifendes Jammern und Heulen drang aus den Innern. Dort lag man leider schon zu Bett, und so gab es keine Rettung mehr. Der leichtgefügte Bau stürzte krachend zusammen. Nur die Königin Subaqualis hörte man noch klagend rufen: „Wären wir geblieben, was wir waren!" Dann schrie sie noch ein paar Mal „Quak, Quak", und alles war still und tot. Die Froschkönigin hatte recht. Wären sie und ihr Gemahl demütige, einfache Frösche geblieben, statt sich zu überheben, dann wäre ihnen das entsetzliche Unglück nicht begegnet. Heute ist von dem Froschpalast nichts mehr zu sehen.

(n. B. M. Steinmetz)

Das Pichtermännchen
und der kleine Matthias

In einem Eifeldorf lebte ein kleiner Junge, der Matthias hieß. Seine Eltern waren Bauern, die sich von morgens bis abends plagen mussten, um ihre Felder zu bestellen. Deshalb hatten sie nur wenig Zeit für den Jungen. Oft waren sie nur bei den Mahlzeiten zu Hause.

Wenn sie auf den Feldern arbeiteten, spielte Matthias auf der Strasse mit anderen Kindern, und bald kannte er jeden Winkel im Dorfe. Er gedieh dabei kräftig und war für sein Alter groß und stark. Er war aber auch ein hübscher und kluger Junge. Die Eltern waren stolz auf ihn, und der Vater sagte manchmal zu seiner Frau, wenn diese klagte, dass sie nur so wenig Zeit für ihren Jungen habe: „Lass ihn nur, aus ihm wird schon etwas Rechtes werden."

Als Matthias sechs Jahre alt geworden war, kam er in die Schule. Zunächst gefiel es ihm dort sehr gut. Er war fleißig, lernte lesen, schreiben und rechnen und wurde der Liebling des Lehrers. Nachmittags, wenn er die Schulaufgaben erledigt hatte, streifte er mit seinen Freunden durch den Wald, in dem das Pichtermännchen hauste. Die Jungen hatten zwar alle schon von dem Männchen gehört, aber keiner hatte es bisher gesehen. Sie hatten daher auch keine Angst vor ihm und dachten bei ihren Spielen nie daran. Nur in die dunkle Schlucht, die etwas zurück lag, trauten sie sich nicht hinein.

Durch diese Spiele aber begann Matthias allmählich den Geschmack an der Schule zu verlieren. Er machte seine Schulaufgaben immer nachlässiger und zuletzt gar nicht mehr. Zuerst gab ihm der Lehrer gute Ermahnungen, und Matthias weinte und versprach, sich zu bessern. Kaum war aber der Schulunterricht zu Ende, da hatte er alle guten Vorsätze vergessen. Wenn seine Eltern auf den Feldern waren, rief er seine Freunde zusammen und lief mit ihnen in den nahen Wald, aus dem er dann gerade, bevor seine Eltern nach Hause kamen, zurückkehrte.

Am nächsten Morgen ging er dann natürlich ohne Aufgaben in die Schule, und auch seine Freunde, die mit ihm gelaufen waren. Da wurde Lehrer sehr böse und schimpfte seinen ehemaligen Musterschüler aus.

Von nun an war dem Matthias die Schule verhasst. Aus Furcht vor Strafe machte er zwar meistens seine Schulaufgaben, aber so unordentlich, dass er bald als der schlechteste Schüler galt und deshalb in die hinterste Bank gesetzt wurde. Der Lehrer beklagte sich bei den Eltern und berichtete, wie Matthias, der früher sein liebster Schüler gewesen sei, sich verwandelt habe, und der Junge musste, wenn er nach der Schule nach Hause kam, noch manches harte Wort von den Eltern hören.

Darüber war er selbst ganz unglücklich. Er suchte die Schuld aber nicht bei sich, sondern bei seinem Lehrer, dem er dafür gern einen Streich gespielt hätte. Aber wie war das zu machen? Er überlegte lange, doch fiel ihm nichts Rechtes ein.

Da las er einmal in einem Märchenbuch die Geschichte vom 'Knüppel aus dem Sack'. Das wäre das Richtige: So einen 'Knüppel aus dem Sack' müsste ich auch haben, dachte er bei sich. Damit würde er dem Lehrer einen Denkzettel geben. Wenn der Lehrer ihn wieder einmal vor der ganzen Klasse ausschimpfte, brauchte er nur „Knüppel aus dem Sack" zu rufen, und dann erhielt der Lehrer seine Strafe. Matthias wusste aber nicht, wie er zu einem 'Knüppel aus dem Sack' kommen sollte.

Als er nun wieder einmal mit seinen Freunden im Walde spielte, hörten sie plötzlich einen lauten Schrei. „Was mag das für ein Tier sein, das so schreit?" fragte einer der Jungen ängstlich. Sie rieten hin und her, aber jedes Mal, wenn einer ein Tier nannte, lachten die anderen und meinten, das schreie ganz anders. Dann waren sie wieder still und standen ratlos da und lauschten. Auf einmal sagte einer der Jungen: „Das ist das Pichtermännchen." Da wurden alle von Angst ergriffen und liefen eiligst fort. Es war ihnen, als töne ein höhnisches Gelächter aus dem Dickicht hinter ihnen her.

Als Matthias in der Nacht schlief, träumte er vom Pichtermännchen. Es kam zu ihm an sein Bett und gab ihm den 'Knüppel aus dem Sack', den er so gern gehabt hätte, in die Hand. Er hielt das Säckchen ganz fest und wollte es nicht mehr loslassen. Als er aber am nächsten Morgen wach wurde, war von dem Säckchen nichts mehr zu sehen. Dabei musste er zur Schule und hatte die Aufgaben nicht gemacht. Da beschloss er, statt in die Schule in den Wald zu gehen und das Pichtermännchen aufzusuchen.

Er nahm wie gewöhnlich seine Schulmappe und tat so, als ob er wie die anderen zur Schule gehen wolle. Aber er schlich heimlich in eine Scheune und versteckte sich in dieser, bis die Eltern aufs Feld und alle Freunde zur Schule gegangen waren. Dann lief er spornstreichs in den Wald.

Hier war es am Morgen so einsam und still, dass es Matthias ganz unheimlich wurde. Am liebsten wäre er wieder umgekehrt und zur Schule gegangen. Aber was sollte er dort zu seiner Entschuldigung sagen? Die Furcht vor Strafe in der Schule gab ihm im Wald neuen Mut, und er drang weiter durch das Dickicht vor, bis er auf einmal dicht vor der Schlucht stand. Von dieser Stelle konnte er bis zum Grund sehen, wo das dunkle Wasser schwach leuchtete. Da fasste er sich ein Herz und rief ganze leise: „Pichtermännchen, Pichtermännchen!"

Aber nichts regte sich. Er wartete einige Zeit, dann rief er noch einmal lauter: „Pichtermännchen, Pichtermännchen!"

Noch immer blieb es still. Als er so wartete und lauschte, ob sich denn gar nichts rühre, da fiel ihm ein, was mit ihm in der Schule geschehen würde, wenn er dort verspätet und ohne Aufgaben eintreffe. In dieser Not konnte ihm nur noch das Pichtermännchen helfen. Deshalb vergaß er alle Furcht und schrie in einem fort so laut, wie er konnte: „Pichtermännchen, Pichtermännchen, Pichtermännchen!"

Auf einmal hörte er neben sich eine dünne Stimme. „Was schreist du denn so? Ich stehe ja schon neben dir."

Erstaunt blickte sich Matthias um und sah ein altes Männchen mit langem weißem Bart und schwarzem Schlapphut, das ihn freundlich musterte. Als sich Matthias von seinem Erstaunen erholt hatte, sagte er: „Ach, Pichtermännchen, du musst mir helfen."

„Was fehlt dir denn?" fragte das Männchen.

„Könntest du mir nicht einen 'Knüppel aus dem Sack' besorgen?" erkundigte sich der Junge.

„Wozu willst du denn einen 'Knüppel aus dem Sack' haben?" Da dachte Matthias, dass er dem Pichtermännchen doch nicht gut erzählen könne, dass der Knüppel seinen Lehrer schlagen soll. Deshalb sagte er: Er spiele oft mit seinen Freunden im Wald 'Räuber und Polizist'. Wenn er dann der Räuberhauptmann sei, werde es einen großen Spaß geben, wenn er die Polizisten durch den 'Knüppel aus dem Sack' verprügeln lassen könne.

Das Pichtermännchen tat so, als ob es Matthias glaube, bedachte sich ein wenig und sagte dann: „Ich will dir einen 'Knüppel aus dem Sack' geben. Man braucht den Knüppel nicht zu rufen, er springt von selbst aus dem Sack, wenn es nötig ist, und er prügelt den, der es verdient hat." Damit gab es Matthias ein Säckchen, das demjenigen sehr ähnlich sah, von dem er geträumt hatte. Kaum hielt der Junge das Säckchen in der Hand, da war das Männchen verschwunden.

In seiner Freude, nun endlich das Säckchen zu haben, achtete Matthias gar nicht auf die Worte des Pichtermännchens und ging stolz nach Hause. Jetzt sollte ihn der Lehrer noch einmal vor der ganzen Klasse demütigen! Dem wollte er zeigen, mit wem er es zu tun hatte! Es fiel ihm nicht ein, am Nachmittag zu Hause Schulaufgaben zu machen, und am nächsten Morgen ging er in die Schule, als ob er die besten Schulaufgaben in seiner Mappe trüge. Das Säckchen hatte er in die Tasche gesteckt, doch so, dass es zum Griff bereit war.

Als der Lehrer das Schulzimmer betreten hatte, sah er sogleich, dass Matthias wieder da war. Er fragte ihn, wo er gestern gewesen sei. Dieser antwortete dreist: „ Im Wald!". Was er da getan habe? „Ich habe mir das etwas geholt. Die Schulaufgaben habe ich auch nicht gemacht."

Das Benehmen des Schülers verdross den Lehrer nicht wenig. Da er Matthias aber von früher her immer noch gern hatte, wollte er es zunächst noch einmal mit Güte versuchen. Er redete Matthias ins Gewissen und hielt ihm den Kummer vor, den er seinen Eltern und ihm durch sein schlechtes Benehmen mache.

Matthias aber glaubte, der Lehrer wolle ihn gleich vor der

Klasse verprügeln. Deshalb rief er laut: „Knüppel aus dem Sack!" Der Lehrer stutzte zuerst und meinte, Matthias wolle ihn verhöhnen. Als sich kein Knüppel blicken ließ, rief Matthias zum zweiten Mal laut in Verzweiflung: „Knüppel aus dem Sack! Knüppel aus dem Sack!" Das war dem Lehrer nun doch zu viel, und er verdrosch Matthias ganz jämmerlich. Der saß dann ganz beschämt da und weinte still vor sich hin.

Nach der Schule lachten ihn seine Freunde aus, weil er den Lehrer noch aufgefordert habe, ihn durchzuprügeln. Voller Wut murmelte Matthias immer leise vor sich hin: „Knüppel aus dem Sack!", damit er die Spötter bestrafe. Aber in dem Säckchen rührte sich nichts. Da dachte er, das Pichtermännchen habe ihn betrogen und belogen, und er wollte das Säckchen fortwerfen. Aber es blieb an ihm hängen, als ob es angewachsen sei. Wider Willen musste er es behalten und mit nach Hause nehmen.

Am Nachmittag gingen die Eltern wieder auf die Felder. Die Mutter hatte Matthias vorher noch ermahnt, die Schulaufgaben endlich wieder einmal ordentlich zu machen. Matthias aber war voller Wut und Trotz und wollte jetzt überhaupt nicht mehr arbeiten.

Kaum waren die Eltern außer Sicht, da wollte er seine Schulsachen in die Ecke werfen und seine Freunde rufen. Matthias war aber noch nicht an die Türe gelangt, da wurde das Säckchen lebendig. Ein tüchtiger Knüppel fuhr aus ihm heraus und begann unbarmherzig auf ihn loszuhauen. Voller Schreck wollte er fortlaufen, aber der Knüppel war schneller als er; er tanzte vor ihm her und zwang ihn umzukehren. Da lief Matthias in die Stube zurück.

Nun merkte er, wie die Schläge in dem Maße schwächer wurden, wie er sich dem Tische näherte, an dem er seine Schulaufgaben machen sollte. Als er sich auf den Stuhl davor gesetzt hatte, hörten sie gänzlich auf. Wenn er aber aufstehen wollte, dann war der Knüppel wieder da und setzte seine Arbeit fort. Da blieb ihm nichts anderes übrig, als mit seinen Aufgaben zu beginnen.

Der Knüppel wachte darüber, dass sie mit aller Sorgfalt angefertigt wurden; denn jedes Mal, wenn er etwas unordentlich in

sein Heft hineinschmieren wollte, um schneller fertig zu sein, klopfte er ihm auf die Finger. Er fuhr erst wieder in das Säckchen, als Matthias alle Schulaufgaben aufs beste erledigt hatte.

Am nächsten Morgen konnte sich der Lehrer nicht genug wundern, wie gut Matthias seine Aufgaben gemacht hatte. Es tat ihm schon leid, dass er ihn gestern im Zorn so gestraft hatte. Er lobte ihn darum heute um so mehr und setzte ihn wieder zu den guten Schülern. Dies gefiel dem Matthias so gut, dass er sich am Nachmittag von selbst an die Schulaufgaben machte, ohne dass der Knüppel ihn dazu antreiben musste. Er schrieb, las und rechnete so sorgfältig wie am vorhergehenden Tag, und der Knüppel blieb Sack.

Das ging einige Wochen so fort. Er wurde wieder der fleißige Schüler und der Liebling des Lehrers. Er spielte auch weiterhin mit seinen Freunden im Wald, nur verließ er jetzt das Haus nicht eher, bis er alle Schulaufgaben erledigt hatte.

Eines Tages war er wieder so weit in den Wald vorgedrungen, dass keiner seiner Freunde ihm folgen konnte. Da stand er plötzlich vor der Schlucht an derselben Stelle, wo ihm das Pichtermännchen das Säckchen gegeben hatte. Sofort sah er sich nach ihm um, und richtig war das Männchen wieder da.

Diesmal lachte es, dass es sich den Bauch halten musste, und rief: „Gib mir mein Säckchen zurück! Du bist nicht der erste, dem es geholfen hat, und es sind noch viele da, die es gebrauchen könnten."

Matthias reichte ihm daraufhin das Säckchen. Da verschwand das Pichtermännchen, und er hörte es nur noch ferne in der Schlucht lachen. Matthias hat in seinem künftigen Leben nie mehr einen Knüppel gebraucht und ist ein tüchtiger Mann geworden.

(Paul Verbeek)

Die edelste Tat

Es war einmal ein König, der hatte drei Söhne. Damit nach seinem Tode um das Erbe kein Streit entstände, wies er schon bei Lebzeiten einem jeden sein Erbteil zu. Noch war er aber im Zweifel, welchem von den dreien er seine Königskrone, die er von seinen Vorfahren ererbt hatte, hinterlassen solle, und so beschloss er, sie demjenigen zu geben, der sich am meisten verdient zu machen vermöge. Eines Tages ließ er seine drei Söhne zu sich kommen und sprach zu ihnen: „Gehet hinaus in die Welt! Dort suche ein jeder von euch Gutes zu vollbringen, und wer nach Jahresfrist mir von der edelsten Tat berichten kann, die er vollbracht hat, soll der Erbe meiner Königskrone sein."

Die Brüder waren damit zufrieden und gingen hinaus in die Welt; jeder von ihnen schlug einen andern Weg ein.

Der Älteste hatte sich wie ein Kriegsheld ausgerüstet. Er durchwanderte viele fremde Länder. Da hörte er eines Tages, dass ein Christenkönig von seinen heidnischen Nachbarn hart bedrängt wurde. Froh über die Gelegenheit, seines Vaters Wunsch erfüllen zu können, ließ er sich anwerben, um gegen die Heiden zu kämpfen. Bei jeder Schlacht sah man ihn in den vordersten Reihen. Die Nähe seines Schwertes war der Tod für alle, die ihn anzugreifen wagten. Der König lobte sehr den Mut des fremden Helden und machte ihn zum Anführer seiner ganzen Kriegerschar. Das war für die Eindringlinge das sichere Verderben. Der neue Heerführer, der stets an der Spitze kämpfte, ermutigte alle anderen Krieger. Die Heiden wurden so geschlagen, dass ihnen auf lange Zeit die Lust verging, neue Einfälle zu unternehmen. Geschmückt mit Siegeszeichen und schwer beladen mit Beute, kehrte das siegreiche Heer in die Königsstadt zurück.

Des Königs einziges Töchterlein überreichte dem Helden einen goldenen Lorbeerkranz, und alles Volk jubelte ihm zu.

Der König aber sprach zu ihm: „Mein Königreich will ich dir geben und die Hand meiner Tochter zum Lohn und Dank."

Der Held war darüber zufrieden, denn des Königs Tochter war schön und edel, und ihr Anblick hatte das Herz des Jünglings sehr ergriffen. Nun erzählte er von dem Auftrage, den ihm sein Vater gegeben hatte.

Der König sprach: „Wohl dir, du hast eine edle Tat vollbracht, so gehe denn hin, ich werde deine Wiederkehr mit Sehnsucht erwarten."

Der zweite Sohn hatte seine Wanderung nach einer andern Richtung hin angetreten. Nicht wie sein älterer Bruder war er ausgerüstet mit Schwert und Schild. Sondern einfach gekleidet, erschien er wie ein biederer Landmann. Nur mit dem Nötigsten versehen, glaubte er, Gelegenheit genug finden zu können, eine edle Tat zu vollbringen, um die Zufriedenheit seines Vater zu erlangen. Als er sich nach langen Wanderungen ermüdet und ohne Mittel einige Zeit Ruhe gönnte, da hörte er, dass in einem fremden Lande die Pest ausgebrochen sei, die viele Opfer forderte. Er beschloss sogleich; sich dorthin zu begeben und Werke der Barmherzigkeit bei den Kranken zu üben. Es war aber eine ekelerregende Krankheit, von welcher der größte Teil der Bewohner heimgesucht wurde. Mit großer Selbstüberwindung pflegte er viele Kranke, rettete dadurch manche vom Tode, und weithin pries man die Barmherzigkeit des Fremden. Aber auch der Fürst des Landes war der Krankheit anheimgefallen. Kein Mensch wagte sich in seine Nähe. Denn seine Wunden verbreiteten einen schrecklichen Geruch, und es war bekannt, dass die Pest leicht ansteckte. So kam es, dass der Herr des Landes, von allen verlassen, seinem traurigen Schicksal allein ausgeliefert war. Dies hörte unser Held und machte sich auf zum Fürsten. So schwer es ihm auch wurde, so unternahm er trotzdem die Pflege des Kranken. Doch war es zu spät, denn die Krankheit war schon zu weit vorgeschritten. Als nach einigen Tagen der Fürst das Ende seine Lebens herannahen fühlte, sprach er: „Du edler Jüngling, voll Unerschrockenheit und Edelmut, du sollst der Erbe meines Reiches sein. Ich bin der letzte meines Stammes, und es beruhigt mich im Angesicht des

Todes, meine Herrschaft in solch zuverlässige Hände legen zu können."

Nach dem Tode des Fürsten wurde es im Lande bekannt, dass der mutige Fremde der künftige Herrscher sei, und alles Volk lobte den weisen Ratschluss des verstorbenen Fürsten. Nach kurzer Zeit, als die vom Vater gegebene Frist verflossen war, begab er sich nach Hause. Dort waren die beiden andern Brüder auch gerade angekommen. Der ältere in einem prachtvollen Wagen; an seiner Seite die junge, ihm kürzlich angetraute Königstochter, er selbst in Begleitung vieler Mächtigen seines Reiches; der jüngste Bruder aber zerlumpt, dass er kaum wiederzuerkennen war.

Der alte Vater schloss eine drei Söhne inbrünstig in die Arme, setzte sich auf den Thron und befahl seinen Söhnen zu erzählen, was sie im Laufe des Jahres vollbracht hätten. Der ältere berichtet von seine Kämpfen gegen die Heiden und wie er sich die Tochter seines Königs als tapferer Ritter erworben habe. Der zweite berichtete, wie er die unglücklichen Kranken mit eigener Lebensgefahr gepflegt und auch beim Fürsten des Landes Samariterdienste ausgeübt habe. Als nun auch der jüngste Sohn vom Vater aufgefordert wurde, seine Erlebnisse zu erzählen, sprach er „Edel sind die Taten meiner Brüder, ich aber weiß nichts zu berichten, was mir das Lob des Vaters einbringen könnte. Ausgerüstet mit schönen Kleider und mit vielen Kostbarkeiten beladen, trat ich die Reise an. Kaum hatte ich die Grenze unseres Reiches überschritten, so gelangte ich in einen großen Wald, in dem ich lange umherirrte. Einmal, als ich müde vom Marsche mir unter Bäumen ein Lager hergerichtet hatte, legte ich mich zur Ruhe nieder. Mit dem Sinken der Sonne schloss ich die Augen, nichts ahnend, was der nächste Tag mir bringen sollte, und schlief ein. Doch noch verbreitete die Abendröte einen matten Glanz über den Himmel, als ich von rauhen Händen mich erfasst fühlte. Schon war ich rücklings an einen Baum gebunden; die Füße waren mir gefesselt. Als ich die Augen öffnete, erblickte ich einen Mann von wildem Aussehen, der meine Kleider untersuchte und mir meinen ganzen Besitz raubte. Hohnlachend ging er von dannen und verschwand bald im

Dickicht des Waldes. So war ich denn allein von schauerlicher Stille umgeben. Die Nacht war eingebrochen und verbreitete ein unheimliches Dunkel. So sehr ich mich auch abmühte, so konnte es mir doch nicht gelingen, mich meiner Fesseln zu entledigen. Schon triefte mir das Blut von den wunden Stellen herab, und ermattet schloss ich die Augen zum Schlafe. Als ich erwachte, stand die Sonne schon hoch am Himmel. Mit erneuter Kraft und der Ausdauer der Verzweiflung gab ich mich daran, die Stricke durch Reiben zu schwächen. Da fühlte ich, wie sie langsam nachgaben, und kurz darauf war ich frei. Von nun an bestand meine Nahrung aus Wurzeln und Kräutern, und an frischen Waldesquellen löschte ich den Durst. Ich wanderte weiter Tage und Nächte, hatte nichts, um den Armen, die mir begegneten, ein Almosen zu geben. Schon wollte ich nach Hause zurückkehren, um mich als unfähig zu bekennen, eine edle Tat zu vollbringen. Mit der Arbeit meiner Hände verdiente ich mein Brot wie der ärmste Tagelöhner in deinem Reiche. Doch am schwersten lag es mir auf dem Gewissen, den Wunsch meines Vaters nicht ausführen zu können. Als die Frist bald verstrichen war, packte ich meine Habseligkeiten zusammen, um wieder nach Hause zurückzukehren. Ich kam durch ein ödes Gebirge, und niemand war weit im Umkreise zu erblicken. Ein schmaler Fußpfad führte mich auf die Höhe eines Berges, den ich zu übersteigen hatte. In der Ferne hörte ich das dumpfe Dröhnen eines Gletschers, der vor mir ausgebreitet lag. Bald darauf vernahm ich den klagenden Hilferuf eines Menschen. Ich näherte mich der Gegend, woher er kam, und gelangte an den Rand des Gletschers, der, vom Felsen abstehend, eine tiefe Kluft ließ. Denkt euch mein Erstaunten, als ich hier den Menschen wiedersah, der mich beraubt und dem Hunger preisgegeben hatte. Mit den Füßen an den abbröckelnden Felsen gestützt, die Hände im Gletschereis eingegraben, überbrückte sein Körper den schaurigen Spalt. Nicht lange mehr, und er hätte, von seinen Kräften verlassen, in die unermessliche Tiefe hinabstürzen müssen. Schaudern ergriff mich, als ich ihn sah. Schnell band ich den Strick, der mir selbst einst fast zum Unheil gedient hatte, fest und rettete mit vieler Mühe den wilden Gesellen. Auch er erkannte mich wieder und wünschte mir im ferneren Leben dienlich zu sein. Doch ich wandte mich von ihm ab und gelangte nach langer Wanderung wieder zurück. Nicht Ehre und Ruhm habe ich mir erworben wie mein älterer Bruder, nicht die Liebe eines ganzen Volkes, wie der andere, sondern ich habe die Bitterkeit des Lebens erfahren und werde mich auch glücklich fühlen, hier im Reiche leben zu können wie jeder andere Untertan."

Nun fing der König an zu reden, und alle lauschten seinem Urteilsspruch: „Wie freut es mich, Vater von Söhnen wie ihr zu sein. „Du", wandte er sich zu dem ältesten, „du hast die Ehre unseres Hauses durch ritterliche Taten aufrecht erhalten. Empfange mein Lob." „Auf nicht minder ruhmreiche Weise aber hast du", so sagte er zu dem zweiten, „deinen Edelmut gezeigt. Mit noch größerer Lebensgefahr als dein älterer Bruder hast du dich deinem edlen Berufe vollständig hingegeben." „Du aber, mein jüngster Sohn, empfange meine Krone und die Herrschaft in meinem Reich, Du hast das Leben kennengelernt und wirst in diesen Landen milde herrschen. Du hast deinem Feinde mit eigener Lebensgefahr das Leben gerettet – das war die edelste Tat."

(n. P. Stolz)

Das Vulkanmännchen

In uralter Zeit stand auf einer einsamen Höhe der Eifel ein wunderbarer gläserner Palast. Dahin hatte sich der König Licht mit seinem einzigen Töchterchen, Prinzessin Sonnenelfchen, zurückgezogen, seit seine liebe Frau, die gute und schöne Königin Goldauge, gestorben war. So schön war sie gewesen, dass die karge Eifelerde, wenn sie leichtfüßig darüberschritt, zu grünen und zu blühen anfing und einen goldenen Teppich vor ihr ausbreitete.

Die kleinen goldenen Ginsterblüten überzogen das ganze Land, um der Königin mit ihrem leuchtenden Goldglanz eine Freude zu machen. Bis heute nennt man sie deshalb Eifelgold.

Nun war die Königin schon lange tot. Sonnenelfchen wurde von Frau Sonne, deren Patenkind es war, und der alten Wolkenfrau liebevoll betreut. Unter ihrer Obhut spielte es auf der blühenden Schlosswiese, in deren Mitte ein alter, geheimnisvoller Brunnen träumte. Seine unermessliche Tiefe barg statt klarblauen Wassers flüssiges rieselndes Silber.

König Licht weilte oft fern von seinem Töchterchen; denn sein Reich war groß und weit und erstreckte sich über die ganze Erde. Dann spielte das Prinzeßchen mit den kleinen, weißen Wolkenschäfchen und dem Prinz Sonnenstrahl, dem Sohn von Frau Sonne, auf der grünen, blühenden Wiese.

Die Jahre vergingen, und Prinz Sonnenstrahl zog hinaus in die weite Welt, um groß und stark zu werden und recht viel zu lernen. Nun langweilte Sonnenelfchen sich sehr. Wenn abends der goldumsäumte Königsmantel von König Licht entschwand, kam Elfchen sich besonders einsam vor.

Da schaute es dann den silbernen Sternen am Nachthimmel zu, die wie neugierige Kinder den glänzenden Palast bestaunten. Ihr Vater, der gute alte Mond, der sehr eitel war, spiegelte sich darin, was ihm die Sternkinder schnell nachmachten.

Kehrte König Licht am Morgen aus seinem weiten Reich zurück, erzählten die geschwätzigen Rosenwölkchen dem Sonnenelfchen das Allerneueste, was sie gesehen und erlebt hatten.

An einem schönen Frühlingsmorgen saß Sonnenelfchen auf dem Rand des alten Brunnens im Garten und ließ die glitzernden Silbertropfen durch seine Hände rinnen. Frau Sonne unterhielt sich mit der Wolkenfrau. Sie wunderten sich beide sehr, als sie sich umschauten und Sonnenelfchen nirgends mehr erblickten, Sie riefen und suchten und leuchteten in die finstersten Winkel; aber Sonnenelchen blieb verschwunden. König Licht und Frau Sonne wurden sehr traurig und hüllten sich in graue Nebelschleier. Die Wolkenfrau legte tiefschwarze Kleider an und weinte große Tränen.

Erschrocken flüchteten die Menschen in der Eifel in ihre strohgedeckten Häuser und erwarteten ein schweres Gewitter. Aber nichts dergleichen geschah, nur regnete es andauernd große Tropfen. Das war die Wolkenfrau, die so bitterlich weinte.

Sonnenelfchen hatte sich beim Spielen zu weit vornüber gebeugt und war in den Brunnen gefallen. Da er aber nicht mit Wasser, sondern mit Silber gefüllt war, ertrank es nicht, sondern kam wohlbehalten auf dem Grund des Brunnens an. Es befand sich in einem kostbar ausgestatteten, aber düsteren Gemach, und das erstarrte Silber bildete eine funkelnde Decke über seinem unheimlichen Gefängnis. Sonnenelfchen sah es mit Schrecken und weinte bitterlich; denn nun konnte es wohl nie mehr zu seinem lieben Vater gelangen. Doch plötzlich öffnete sich in der Mauer eine kleine Tür, und heraus trat ein Männchen mit einem langen, schwarzen Bart. Sonnenelfchen war so erschrocken, dass ihm sein Krönchen vom Kopf fiel und am Boden zerschellte.

„Ich bin das Vulkanmännchen", sagte der Zwerg, „und habe dich zu meiner Gemahlin erwählt. Hier unter der Erde habe ich viel zu tun, und du sollst mir dabei helfen. Erst wenn du dich eingearbeitet hast, wird die Hochzeit gefeiert." Damit nahm das Männchen Prinzessin Sonnenelfchen bei der Hand und führte es in sein unterirdisches Reich.

Dort musste das Prinzesschen Kohlen schleppen und die großen Feuer schüren, welche die Vulkane und die heißen Quellen zu versorgen hatten. Da galt es, achtzugeben, damit kein Unheil entstand, wenn etwa einer der Vulkane feuerspeiend ausbrach. Dann konnte das Vulkanmännchen sehr böse werden, und Sonnenelfchen klagte und weinte und bat das Männchen, es doch wieder auf die schöne lichte Erde zu seinem Vater zu lassen.

Das Vulkanmännchen wurde über diese Bitten sehr traurig und sprach: „Du kannst nicht fort von hier, es sei denn, das Silber über dir verwandelt sich in pures Gold."

Prinz Sonnenstrahl war inzwischen nach langer Abwesenheit wieder zu seiner Mutter Sonne heimgekehrt. Er war sehr betrübt, als er von dem Missgeschick hörte; er wollte Sonnenelfchen zu seiner Frau machen, und nun konnte ihm niemand sagen, wo es war.

Betrübt setzte er sich auf den Brunnenrand, auf dem man zuletzt Sonnenelfchen gesehen hatte. Plötzlich vernahm er ein leises Weinen. Ganz fern schien es zu sein und musste doch aus dem Brunnen kommen. „Sonnenelfchen", rief der Prinz und zog sein Schwert. Er schlug auf das erstarrte Silber ein, dass die Funken glühend umhersprühten. Immer tiefer drang das Schwert in das gleißende Silber ein, so dass tiefe Risse entstanden. Das Silber fing an zu glühen und zu leuchten und verwandelte sich unter den Schwerthieben schließlich in rotschimmerndes Gold.

Sonnenelfchen war ganz erstaunt über das Zischen und Rauschen über seinem Kopf und sah verwundert die Umwandlung des Silbers. Mitten darin klaffte ein großer Riss, und auf den Stufen, die sein Schwert gehauen hatte, erschien Prinz Sonnenstrahl.

Nun war niemand froher als Sonnenelfchen. Es fiel dem tapferen Prinzen um den Hals. Und als er fragte, ob es eine liebe Frau und Königin werden wolle, sagte es frohen Herzens ja; denn es hatte den edlen Prinzen schon immer liebgehabt. Nun, da er es erlöst hatte, war er ihm noch tausendmal lieber.

Die kleine Tür in der Brunnenwand ging auf, und das Vulkanmännchen trat heraus. Es konnte sich vor Kummer über die Veränderung nicht fassen. Dann aber wünschte es den beiden recht viel Glück und sagte: „Denkt in eurer schönen Welt, in Licht und Ganz, auch einmal an mein finsteres Reich! Denn auch ich bin notwendig wie Sonne und Licht."

Dann sagten sich alle Lebewohl. Der Prinz trug Sonnenelfchen auf seinen Armen hinauf in die herrliche Welt. König Licht war überglücklich und wusste gar nicht, wie er dem Retter danken sollte; denn er hatte sein liebes Kind längst totgeglaubt. Frau Sonne aber strahlte über ihr ganzes Gesicht, als sie ihr Patenkind wiedersah. Sie küsste es wieder und immer wieder auf die rosaroten Wangen. Die Wolkenfrau, die gerade vom Rhein herkam, wo sie ein Becken mit Wasser geholt hatte, um Hausputz zu halten, fiel, als sie Sonnenelfchen sah, vor freudigem Schreck auf den Boden.

„O weh, ein Wolkenbruch", schrieen die Menschenkinder und liefen davon. Zum Glück war die Wolkenfrau in die Eifelberge gefallen, hielt sich an den Bergspitzen fest und stand trotz ihrer Behäbigkeit wieder flugs auf den Beinen. Frau Sonne und

König Licht berieten die Hochzeitsfeierlichkeiten, als die
Wolkenfrau atemlos wieder auftauchte. Als sie hörte, dass bald
Hochzeit sein sollte, wäre sie beinahe noch einmal hingefallen,
wenn Prinz Sonnenstrahl sie nicht schnell festgehalten hätte.

Am anderen Tage wurde mit großer Pracht die Hochzeit gefei-
ert. Prinz Sonnenstrahl führte seine schöne Braut in ihr neues
Heim, ein herrliches Schloss aus lauter Diamanten und Rubinen.
Das funkelte und leuchtete, als sei es aus Millionen kleiner
Tauperlen erbaut. König Licht und Frau Sonne entfalteten einen
solch verschwenderischen Reichtum, dass die Menschen den
Glanz des vielen Goldes nicht mehr ertragen konnten und zu
murren anfingen. Aber es war doch die Hochzeit von
Sonnenelfchen und Prinz Sonnenstrahl, da durfte doch wirklich
nicht gespart werden.

Als das junge Paar am Abend in sein feenhaft erleuchtetes
Schloss einzog, waren auch die Menschenkinder zufrieden. Sie
lachten sogar und schauten der Wolkenfrau nach, die als letzte
der Hochzeitgäste durch das funkelnde Schlosstor verschwand.

(n. Lucia Breuer)

Der Wichtel von Vinette

In Herock lebte einst ein Witwe mit sieben Kindern. Sie hatte
niemanden, der ihr Feld einsäen konnte, und die beiden
Zugpferde waren auch gerade verendet. Ihr ältester Sohn
war erst 12, aber so guten Mutes., dass er sich erbot, zu seinem
reichen Onkel zu gehen, ihn um dessen Ackergaul zu bitten und
am nächsten Tag allein das Feld zu bestellen.

Als der Onkel von dem Plan des Jungen hörte, lachte er laut
auf und erfand allerlei Ausflüchte, nur um dem Jungen nicht
helfen zu müssen.

Unverrichteter Dinge machte sich der Junge auf den Heimweg. Unterwegs aß er nicht einmal von den Pfannekuchen, die
ihm seine Tante als Wegzehrung mitgegeben hatte, so nieder-
schlagen war er.

Als er am Wald von Vinette vorbeikam, trat ihm ein freundlich lächelnder Wichtel entgegen. Nachdem ihm der Junge einen seiner Kuchen angeboten und ihm sein Leid geklagt hatte, versprach ihm der Zwerg Hilfe in höchster Not. Der Junge sollte nur am Abend den Pflug, die Egge und einen Sack Saatgut bereitstellen, den Rest würde er erledigen.

Am nächsten Morgen traute der Junge seinen Augen nicht: Wie von Wunderhand war das Feld vollständig eingesät und unkrautfrei, sodass die Felder daneben regelrecht ungepflegt aussahen.

Auch weiterhin war die Familie vom Glück begünstigt. Der Junge hatte sich mit dem Wichtel angefreundet, brachte ihm regelmäßig Pfannekuchen und wurde von ihm in die Geheimnisse des Ackerbaus und der Wetterkunde eingeweiht. Der Junge wuchs zu einem überaus erfolgreichen Bauern heran und heiratete eine tüchtige Nachbarstochter.

Auf dem Schicksal des reichen Onkels lastete jedoch von jener Zeit an ein böser Fluch. Alles misslang ihm, er wurde zum Trinker und wäre elendig vor die Hunde gegangen, wenn ihn der Junge nicht auf seinem Hof aufgenommen hättet.

(Helmut Gehlsen)

Die zwei Buckligen

In einer einsamen Gegend trafen sich vor langer Zeit die Verliebten, und auch die Feen gaben sich dort ihr Stelldichein.

In einer Septembervollmondnacht schlug auch Paulet der Bucklige, niemand weiß warum, diese Richtung ein. Dieser Paulet hatte ein lachendes Gesicht und ein freundliches Wesen. Sein Schatten im Mondlicht ließ die Umrisse seine Buckels deutlich hervortreten, und er wünschte sich nichts sehnlicher, als von dieser Last befreit zu sein.

Plötzlich wurde er von einer Schar ausgelassen tanzender Feen eingekreist, die sich singend über ihn lustig machten. Er lachte mit, und schon dichteten die Feen einen zusätzlichen Zauberspruch und waren im Nu verschwunden.

Als Paulet seinen Schatten erblickte, war der Buckel verschwunden.

Am nächsten Tag, einem Sonntag, wurde er auf dem Kirchplatz von den Dorfbewohnern kaum wiedererkannt. Die

Mädchen warfen neugierige Blicke auf den hübschen, gut-
gewachsenen Jungen.

Im Dorf gab es aber einen zweiten Buckligen, Lucien, der
hässlich und missgünstig war. Sofort lief er zum magischen
Platz, wo er auch tatsächlich die Feen traf. Sie sangen wieder
ein Zauberlied, allerdings mit anderen Strophen.

Lucien fiel in Ohnmacht. Er wachte mit zwei Buckeln auf,
einem auf dem Rücken und einem zusätzlichen auf der Brust. Es
war der von Paulet.

(Helmut Gehlsen)

Frau Holle und die zwölf Nächte

Seit längst vergangener Zeit war Frau Holle bei Jung und
Alt bekannt. Die Frau Holle begleitet das ganze Jahr.
Niemand kann sagen, wie sie wirklich aussieht; denn sie
wechselt häufig ihre Gestalt. Von vorn sieht sie wie eine schöne
Frau aus, hinten aber wie ein Baum mit rauhen Rinden. Sie zieht
mit der 'Wilden Jagd' los. Einmal hat sie einen Eber angeschos-
sen. Der ist wütend auf sie gestürzt, worauf sie sich in eine
Eiche verwandelt, die Hauer des Ebers aufgefangen und das
wilde Tier schließlich getötet hat. Aber Frau Holle ist nicht
immer so. Sie nimmt Anteil an allem, was grünt und blüht. Im
Gebirge sitzt sie in einer Felshöhle und spinnt, sobald der Mai
kommt.

Hin und wieder zieht sie, besonders im Frühsommer, wenn die
Bäume noch frisches Laub tragen, auf einem Schimmel durch
den Wald und die Berge. An Zaum und Satteldecken läuten dann
silberne Glöckchen. Der Schimmel schwebt zwei, drei Fuß über
der Erde, mitunter auch hoch in der Luft. Bald klingt es nah,
bald fern, und alle Männer und Frauen, die lauschen können,
werden froh.

An einem Sonntagnachmittag, wohl kurz vor der Ernte, gingen
drei Mädchen in einen Eifelwald und schwätzten von ihrem
Schatz und der Hochzeit. Da kam plötzlich über den Tannen ein

steinaltes Frauenantlitz zum Vorschein und sah sie halb gutmütig, halb zornig an, um die Mädchen zu erschrecken. Sie sprach dumpf und streng zu ihnen: Wer diese Nacht zwischen elf und zwölf Uhr zum Hahnenklee komme und ihn erntet, soll bald den Bräutigam heimführen. Kein Stern schien, und der Mond blieb aus. Eulen schrien, und Fledermäuse flatterten wirr durch die Luft. Zwischen den Baumstämmen irrlichterten Fuchsblicke. Es donnerte in der Ferne, doch die Blitze blieben aus.

Die drei Mädchen gingen stumm ihren Weg. Als sie an ein Moor kamen, in dem Bauern einen Viehhändler ertränkt hatten, sagte eines der Mädchen: „Ich gehe nicht weiter, mir stockt das Blut." Es kehrte um. Die beiden andern hielten sich an den Händen und gingen weiter. Die Bäume begannen zu rauschen, und dürre Äste fielen auf den Weg. Am Molchtümpel, in dem vorzeiten ein Kind ertrunken war, sagte das zweite Mädchen: „Ich kehre um. Mir stockt das Blut."

Da ging das dritte Mädchen allein weiter, kam zum Hahnenklee und machte sich gleich an die Arbeit, als ob es ein Feld seines Vaters vor sich hätte. Da stand plötzlich Frau Holle neben ihm und sagte freundlich: „Du hast Wort gehalten, deshalb wirst du belohnt. Dein Bräutigam führt dich bald zum Altar; deine Freundinnen gehen leer aus."

Darauf verschwand Frau Holle, und das Mädchen ging heim, als es die Arbeit getan hatte. Da trat der Mond ruhig aus den Wolken, die Eulen schwiegen, und die Fledermäuse schliefen. Auch die Fuchsblicke irrlichterten nicht mehr, und das Gewitter war verstummt. Dem Mädchen, das am Moor umgekehrt war, brachte man am nächsten Tag den Bräutigam tot ins Dorf. Es war darüber so bekümmert, dass es zwei Tage später ebenfalls starb. Der Bräutigam des Mädchens, das bis zum Molchtümpel mitgekommen war, fiel bald danach in einem Krieg. Da sagte die Braut, sie heirate nie und trauere um den einen, dem sie sich versprochen hatte. Und sie hielt ihr Versprechen. Das Mädchen aber, das den Hahnenklee geerntet hatte, heiratete nach wenigen Wochen. Bei der Hochzeit erschien die Frau Holle und brachte als Geschenk eine silberne Wiege für das junge Paar. Darin lagen blanke Taler, und sie füllten die Wiege bis oben hin. Da freuten sich alle Gäste mit den Brautleuten und lobten die gute Frau Holle.

Im Winter schreitet Frau Holle in einem weißen Gewand durch die Lüfte. Wenn sie das Gewand ausbreitet, schneit es, und Jungen machen Schnellbälle, um damit auf die Mädchen zu werfen. Dann lacht die Frau Holle hellauf und wirbelt den Schnee so dicht, dass Dörfer und Städte unter seiner Last verschwinden.

Der Winter bringt dann auch die eigentliche Zeit der Frau Holle: die zwölf Nächte um die Jahreswende, die Weihnachten beginnen und zu Dreikönigen enden. Wenn die erste der Weih-nächte anbricht, muss es still sein, wo Menschen wohnen. Haus und Hof liegen still und einsam, die Spindeln ruhen, und alle Rocken stehen ohne Faden. Dann schleicht die alte Frau Holle mit der langen Nase umher. Wo sie Unordnung findet oder Garn auf den Spindeln und Rocken, geht es den Leuten übel. Lein-wand, die aus solchem Garn gesponnen wird, hält nicht lange, und die Kühe geben Blut statt Milch.

In den zwölf Nächten bereitet Frau Holle das Wetter für das kommende Jahr vor und die Fruchtbarkeit. In jeder Nacht geht man zum Garten, rüttelt die Obstbäume und ruft: „Bäumchen schlaf nicht! Frau Holle kommt!"

Wenn Weihnachten der Schnee ausbleibt, meint man, es stim-me etwas nicht, Frau Holle bleibe aus. Grüner Christtag gebe weiße Ostern und vernichte den Fleiß der Bauern.

Am Christtag wachse der Tag, soweit eine Mücke gähnen mag, zu Neujahr, soweit der Haushahn krähen mag, zu Drei-königen, soweit ein Hirsch springen mag.

Gewisse Tiere darf man in den zwölf Nächten nicht einmal mit Namen nennen: den Wolf, den Fuchs, Ratten und Mäuse. Der ausgesprochene Name lockt sie herbei, und unheimlich ist um diese Zeit ihre Macht.

Am Neujahrsabend fährt Frau Holle mit einem Wagen durch die Dörfer, und der Wagen ist mit Geschenken beladen. Sie hält an den Häusern, in denen sie sich geehrt weiß, und legte dort Gaben auf den Tisch: Äpfel und Nüsse und für die Kinder weiße Hemden.

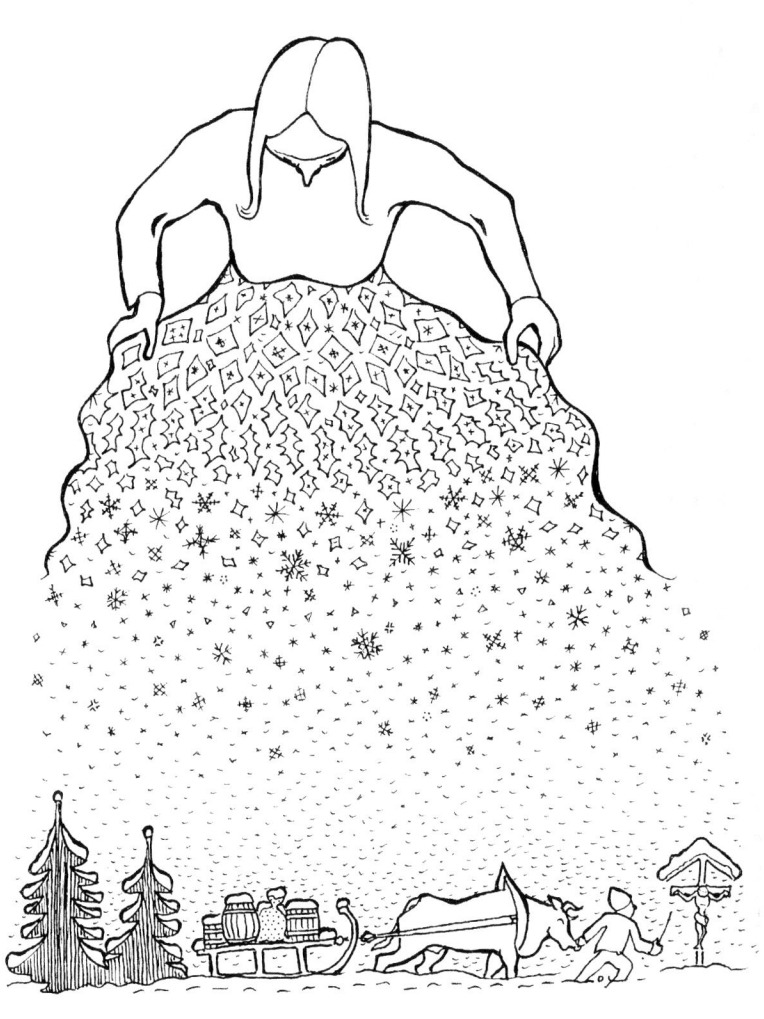

Einmal kam ein Bauer spät abends noch mit der Axt, die er vor den Christtagen im Wald hatte liegenlassen, und begegnete auf dem Waldweg dem Fuhrwerk der Frau Holle. Sie vertrat ihm den Weg und sagte, er sei ein Frevler, weil er das neue Jahr so beginne und nicht feiere. Wenn er an ihrem Wagen drei Bretter, die lockerhingen, verschale, wolle sie ihm vergeben. Der Bauer merkte, wer vor ihm stand, nahm ein großes Messer aus seiner Werkzeugtasche, trat zu dem Wagen, schnitt die Bretter zurecht und verkeilte sie, so gut es ging. Da winkte Frau Holle ihm und sagte, er möge die Späne als Lohn ansehen und sie mitnehmen. Obgleich den Bauern solche Art ärgerte, nahm er zum Schein einige Späne mit und ging. Als aber seine Frau am andern Morgen seine Hosentasche ausleerte, fielen zehn Dukaten heraus. Da lief der Bauer zu der Stelle, wo er der Frau Holle begegnet war. Aber der Rest der Späne war verschwunden. Nach dem Fest Dreikönigen muss Frau Holle mit der 'Wilden Jagd' über den Harz heimkehren, auf dem sie in tollem Tanz den Beginn des neuen Jahres feiert und auf den kommenden Frühling wartet.

(n. Theodor Seidenfaden)

Der silberne Schuh

Wenn um Mariä Himmelfahrt, mitten im August, die Tage blau und sonnig über der Eifel stehen, durch die Luft der Höhenrauch schwebt, alle Wälder dunkelgrün träumen und die Felder golden leuchten, die Nächte aber ihre Vollmondwunder offenbaren, schenkt sich die Natur den Menschen, die guten Willens sind. Giftige Tiere verlieren ihr Gift, und die Kräuter künden ihre Heilkraft so stark, daß man sie sammelt und segnet und daheim ins Gebälk hängt. Dann tritt immer in einer Nacht aus den alten Bergschächten bei Kall ein Wicht und stellt irgendwohin einen silbernen Schuh. Er ist schwer zu finden; denn der Wicht bringt ihn gern unter die breiten Blätter der Bachufer oder zwischen die Spalten der Felsen. Wer ihn aber entdeckt und an sich nimmt, findet das Glück des Lebens und wird mit Kind und Kindeskindern reich und froh.

Nun lebte vor Zeiten im Schleidener Tale ein Graf, der ein Finsterling war. Das Auge stand ihm ständig düster im Gesicht, und der Mund sprach, zumal seit dem Tode der Gräfin, nur mürrische Worte oder einen Fluch. Seine Burg trotzte von der Höhe und beherrschte weitum das Land, und wenn er durch die Dörfer ritt, hielten die Bauern scheu an und grüßten den Herrn, blickten jedoch erleichtert, wenn sie ihm auf den Rücken sahen. Dahingegen war seine Tochter eine Frau, der jeder Blick zum Sonnenstrahl wurde, weshalb es hieß, sie wandle die Distel zur Rose und mache aus einer Eule eine Nachtigall, der Graf brauche ihr nur den Willen zu lassen.

Aber das tat er nicht, und als ihn ein Junker dem sie sehr zugetan war, um die Hand des Mädchens bat, rief er: „Wenn Ihr über Nacht einen Fahrweg zu meiner Burg baut und am folgenden Morgen mit Troß und Gefolge dasteht, die Braut zu holen, sollt Ihr sie haben. Versagt Ihr, dann bleibt Euch meine Tür für immer verschlossen.'"

Das war ein harten Bescheid, weil die Burg hoch lag und nur ein schmaler Pfad zu ihr hinaufführte. Die junge Frau weinte, und der Junker nahm sein Pferd am Zügel und leitete es mutlos bergab. Er wußte, daß niemand während der Nacht einen solchen Weg bauen konnte, und ritt dennoch, als er das Tal erreicht hatte, vor sein Bergwerk und fragte den Aufseher, was zu tun sei.

Der aber erwiderte: „Nesseln wachsen ohne Saat. Sie treibt der Teufel. Den Weg könne auch er in einer Nacht nicht schaffen, und wenn ihm das Heer seiner Höllenknechte hülfe. Ich bringe ein Drittel von ihm in einem Jahre fertig, vorausgesetzt, daß alle Leute des Bergwerkes Tag und Nacht arbeiten, nicht essen und trinken und keinen Augenblick ruhen."

Da gab der Junker ihm das Pferd und befahl, es in den Stall führen zu lassen. Er wolle durch den Wald gehen und draußen bleiben; der sonnige Tag verspreche eine Nacht, die den Kummer überwinde.

Es war der Nachmittag vor Mariä Himmelfahrt, und stundenlang schritt der Junker zwischen den Hochstämmen her, aus einem Kiefernschlage in die Buchen, durch Eichenhänge, über Hügel und durch die stumme Pracht der Fichtendome. Kein Mensch begegnete ihm, und die Rehe, die an den Lichtungen standen, blickten groß und gläubig. So viele Goldkäfer wie an diesem Tage huschten nie über seinen Weg; aber sie machten ihn nicht froh. Er wußte nicht, ob er im Kreise ging. So traurig sann er den Worten des Grafen nach. Die grüngoldenen Feuerspiele auf Laub und Stamm, die silbernen Spinnwebfäden zwischen den Fichten oder den Kräutern des Waldraines, die Eichhörnchen und Häher, sie seinen Weg begleiteten, die roten Fingerhutblüten sah er kaum und kam gegen Abend in eine schwarzgrüne Schlucht, aus der ein Bach zu Tal sprang.

Er setzte sich müde unter eine Eiche, blickte dem Lauf der Wellen zu, hörte den Buntsprecht, der einen Stamm abklopfte, sann auch dem Grillenzirpen nach, das die Schlucht erfüllte und merkte schließlich, wie die Sonne schied und die Sterne in den Dämmer traten.

Er mochte zwei, drei Stunden gesessen und vor sich hingesonnen haben, als plötzlich eine Stimme durch die Stille drang, zunächst fein, dann lauter. Erschreckt sprang er auf, wandte sich in die Richtung des Klanges und sah tief unten im Walde eine silbernes Leuchten, das hin- und herhuschte und wundersame Strahlen warf, und die Stimme sang:

> *„Maria fuhr zum Himmel ein*
> *und trug verklärt den Silberschuh.*
> *O Wunderlicht, du milder Schein:*
> *Nun schläft die Welt und atmet Ruh.*
>
> *Da fiel der Schuh zur Erde hin:*
> *Ihn fand der Berge jüngster Wicht.*
> *O Seligkeit, o frommer Sinn:*
> *Geheimnis strahlt das Silberlicht.*
>
> *Der Schuh Mariens ruht im Berg,*
> *den tausend Hände hüten scheu.*
> *Doch einer schafft - der Schmiede Zwerg -*
> *und formt das Wunder jährlich neu. "*

So sang die Stimme, während das Silberlicht auf- und niederschimmerte und der Junker stand und durch den nachtdunklen Wald staunte, über dem tausend Sterne die Krone des Himmels wölbten. Mit dem letzten Wort aber senkte sich das Licht und schwand.

Dem Junker war es, als würde seine Seele ein Feuer, und er machte sich die Schlucht hinunter, um nach dem silbernen Schuh zu suchen. Es dauerte nicht allzulange, da hatte er den weiten Weg zurückgelegt, kniete nieder und hob die Blätter auf, die den Bachrand säumten: Farn, Wolfsklau und Huflattich, und sorgsam spähte er ins Dunkel.

Als er schon verzweifeln wollte und sich einen Narren und Träumer schalt, griff er ins Wurzelgeäst einer Eiche, tastete seine Winkel ab und hielt mit einem Male den Schuh in der Hand: ein zierliches Kunstwerk, dessen Silber wie geläutertes Feuer strahlte. Und als er den Schuh fühlte und betrachtete, strömte ihm das Lied der Nacht, das er gehört hatte, durch den Sinn, und er sang, erfüllt von dem Wunder:

> *„O Silberschuh, du milder Schein,*
> *o Nacht, o Himmelfahrt und Ruh:*
> *Durch Blumen strömt der Schöpfung Wein,*
> *und Sterne singen still dir zu. "*

Während er dem Echo nachsann, das seine Stimme wachrief, trat ein Männlein vor in, ein Wichtel, der wohl im Wurzelgeäst gelauert hatte, ein grünes Gewand und einen schneeweißen Bart trug, dazu eine schwarze Zipfelmütze und Purpurstiefelchen.

Das Wichtlein blickte ihn an und sprach:

„Du bist das Glückskind des Jahres, weil du den Silberschuh fandest, den wir alljährlich um Mariä Himmelfahrt den Menschen der Berge schenken; er ist nach dem Schuh gemacht, den die selige Jungfrau abstreifte, bevor sie im blauen Gewölk verschwand; wir hüten ihn unter der Erde, und wer sein Abbild findet und bewahrt, bleibt allzeit froh, auch dann, wenn seinem Wege düstere Wolken drohen."

Dem Junker fiel die Not wieder ein, die ihn vor der Burg des finsteren Grafen zu seinem Bergwerk und von dort in den nächtlichen Wald getrieben hatte, und er erzählte dem Wichtlein von seinem Kummer und dem harten Wort des Alten und sagte: „Du siehst, daß ich ein wenig Licht schon brauchen kann; denn alle Tage, die dem kommenden Morgen folgen, bleiben mir düster, ob auch die Sonne scheint und Äpfel reichen." Das Wichtlein erwiderte: „Dem Menschen, der glaubt, ist kein Berg zu hoch und keine Schlucht zu tief. Er baut schon einen Weg. Ich will dir helfen, wenn du mir eine Bitte erfüllst."

Der Junker, der den Silberschuh mit beiden Händen festhielt, sagte, er werde tun, was in seinen Kräften stehe, und das Männlein fuhr fort: „Der Schacht, in dem jetzt deine Bergleute hausen, stößt fast an unsere Werkstatt, an die Schmiede im Schoß der Erde. Seit Wochen hören wir Fäustel und Picke; wenn er fortgesetzt wird, vertreibt er uns und zerstört die Schmiede, die älter ist als die Reihe deiner Ahnen. Befiehl daher deinen Leuten, noch in dieser Nacht aufzuhören und den Schacht nach Norden weiterzuführen. Das ist meine Bitte!"

Da hob der Junker die Rechte und versprach, dem Wunsche folgen zu wollen, woraufhin der Wichtel zwischen den Stämmen im Gebüsch verschwand. Der Junker kam sich mit dem Silberschuh wunderlich genug vor und begann schon wieder zu grübeln. Da kehrte der Wicht zurück und brachte seine Gesellen mit, unzählige Männlein, von denen jedes ein Berglicht trug, eine Schaufel oder ein scharfes Eisen, und der Wicht im grünen Gewande, dem der Bart fast auf die Zehen, der Zipfel seiner Mütze aber an den Fersen hing, winkte dem Junker und sprach: „Folge uns. Halte den Silberschuh in der Rechten und verliere ihn nicht. Mit ihm bist du so schnell wie wir."

Er tat nach den Worten des Wichtels und jagte plötzlich mit dem wimmelnden Haufen der Zwerge, die beim raschen Schritt das Berglicht hin- und herschwenkten, durch die Nacht der Burg des Finsterlinges zu, und nach kurzer Zeit kamen sie ins Schleidener Tal und sahen auf dem hohen Berge die Burg, ihre Mauern und die stumpfen Türme.

Dem Junker bebte das Herz vor Erwartung. Doch die Zwerge begannen ihr Werk, hämmerten, sprengten Felsen und fällten Bäume, und das Tal leuchtete trotz der Nacht wie ein Sommertag. Tausend Hände hieben den Bäumen Äste, Zweige und Blätter herunter, und abertausend Hände rollten die runden Stämme auf den Weg. Er wuchs allmählich von der Talsohle an die Burgmauer, stieg und hielt, und als ein Kirchturm in der

Ferne die erste Morgenstunde schlug – der Glockenklang rollte dumpf über die Berge, einmal und schwer – war es geschehen, da lagen die Stämme als Bohlen quer auf dem Wege und so fest, daß hundert beladene Erntewagen hätten hinauffahren können.

Der Wicht im grünen Gewande aber sagte zu dem Junker: „Dein Wunsch ist erfüllt. Vergiß unsere Bitte nicht und hüte den silbernen Schuh. Sonst bricht der Weg und begräbt dich. Eile heim, und du findest das Brautgut und kannst zur Hochzeit reiten".

Indem pfiff das Männlein scharf und schnell, und die Schaufler griffen, als sie seinen Triller hörten, ihre Berglampen und fuhren wie eine Lichtwolke hinter ihm her durch die Nacht dem unterirdischen Stollen zu.

Der Junker aber, der sich nun allein und völlig im Dunkeln fand, hielt den Silberschuh und lief in der Richtung seiner Burg. Unterwegs klopfte er den Aufseher des Bergwerkes heraus und sagte ihm. Jedes Werk lebe aus seinen Geheimnissen, er solle also nicht fragen, sondern noch diese Nacht die Arbeit an dem Stollen abbrechen und ihn nach Norden treiben lassen. Das geschah auch, obwohl es nicht leicht war und die Bergleute murrten, der Junker sei ein Narr.

Daheim blies es selbst das Horn des Wächters, daß Knechte und Reisige aus den Betten sprangen und zu Klingen und Lanzen griffen, weil sie meinten, es gelte, die Burg vor einem Überfalle zu schützen.

Sie freuten sich deshalb doppelt, zu hören, jeder müsse das Festwams nehmen und in einer Stunde auf geschmücktem Pferde im Brautzug reiten, die Himmelfahrtnacht beschere Glück.

Als der Junker als erster im Samtrock und schmuckem Barett in den Hof trat, stürzte ihm der Stallknecht entgegen und rief: „Im Stalle scharren zwei Zelter, gesattelt und gezäumt, schmucke Tiere, wie sie keine Burg der Eifel kennt, und niemand weiß, woher sie stammen."

Indem trat auch der alte Schaffner vor den Junker, ein Greis mit schneeweißem Barte, und er sprach: „Die Nacht beschert uns merkwürdig gut. Zwei Wagen, die auf die Ernte warten, bergen Kostbarkeiten seltener Art. Truhen stehen darauf. Als ich eben die Deckel hob, blitzten mir Edelsteine entgegen, goldene Ringe, Festkleider, Becher und silberne Leuchter. Kommt und seht!"

Der Junker, der in der Hand den Silberschuh fühlte, lächelte und sagte, glücklich und verträumt, als stünde er wieder im Walde:

> *„O Silberschuh, du milder Schein,*
> *o Nacht, o Himmelfahrt und Ruh:*
> *Durch Blumen strömt der Schöpfung Wein,*
> *und Sterne singen still dir zu."*

Dann befahl er den Stallknechten, die Tiere zu holen und dem Schaffner die besten Gäule in den Wagen zu schirren: Er wisse von den Schätzen; sie seien das Brautgut und müßten mit. Die beiden liefen, und als bald darauf der Knecht mit den Zeltern kam und sie die frische Nachtluft schnauften und den Schwarm froher Männer merkten, wieherten sie laut auf, scharrten mit den Hufen und schüttelten die Mähnen.

Der Junker ließ den Wächter das Fahrtenhorn blasen, trat zu seinen Leuten und rief: „Die Stunde schlägt: wir reiten und fahren. Ihr kennt das Ziel, und den Weg werdet ihr sehen; die Zelter führen den Zug. Ich reite das größere Tier; das kleinere wartet auf die Braut. Neben mir reitet der Schaffner auf schwarzem Hengste: So gewinnen wir Glück."

Er trat in den Bügel, griff den goldenen Zaum und schwang sich auf den Rücken des schmucken Tieres. Da folgten ihm Knechte und Reisige und die Fuhrleute mit den Wagen, die das Brautgut bargen. Den Reisigen wehten Wimpel von den Lanzen, und das Fahrtenhorn des Wächters klang vom Turme aus weithin durch die Nacht, während die Hufe der Pferde und die Räder der Wagen dumpf über die Zugbrücke kollerten.

Als im Osten das erste Morgenrot schimmerte, stand der Zug vor dem Wege, den die Wichtel der Himmelfahrtsnacht zu der hohen Burg des Finsterlinges gebaut hatten. Der Junker ruhte mit Leuten und Pferden eine Weile. Noch hing an den Gräsern

Tau, und die Tropfen schimmerten wie seltene Perlen; der erste Kuckuck rief, und hier und da huschten Eichhörnchen auf. Sonst war es morgenstill. Als aber das Licht wuchs, winkte der Junker und ritt vor seinem Zuge den breiten Fahrweg hinauf. Die Tiere legten sich in die Riemen, wenn die Straße auch steil war. Als der Sonnenball hinter den Bergen ins Morgenrot trat, standen sie mit ihren Reitern und Wagen vor dem Tore der Burg.

Ihr Wächter stieß ins Horn, und als der Finsterling aus seinem Bett in die Rüstung gesprungen war und auf die Zinne trat, wollte er seinen Augen nicht trauen: Er sah im Lichte der Morgensonne, die ihr Farbspiel über die Gipfelwälder warf, den Junker auf schmuckem Zelter, das gleiche Tier für die Braut, den Zug der Reisigen, die Wagen und den Fahrweg, den greisen Schaffner auf schwarzem Hengste, Wimpel und Festwämser und frohe Gesichter.

Der Junker aber rief ihm vom Zelter aus zu: „Euer Wunsch ist erfüllt, der Weg ist da, und auf ihn wartet der Zug. Nun öffnet das Tor und gebt mir die Braut. Sie bedarf des Schmuckes nicht. Feuer zündet das Feuer, Licht das Licht!"

Da mußte der Finsterling das Tor öffnen lassen und die Hochzeit noch für den gleichen Tag bereiten; und als die Braut kam, gab es einen guten Klang. Sie ließ den Saal, so schnell es ging, mit Blumen schmücken, und da der alte Graf neben seiner Küche einen erlesenen Keller führte, hallte der Saal wider von lustigen Worten, von Mahl- und Becherklang, und nie wurde auf der Burg wieder eine so fröhliche Hochzeit gefeiert.

Abends aber, als alle Sommersterne schienen und die Wälder in der Feierruhe der Himmelfahrt lagen, ritt der Junker mit seinen Leuten den Fahrweg der Wichtel hinab, abwärts und heimzu, und neben ihm ritt auf dem kleineren Zelter in schneeweißem Seidenkleide die Braut, und ihre Edelsteine blitzten durch den Wald. Diesmal beschloß der greise Schaffner auf schwarzem Hengste den Zug; und so ritt ein neues Geschlecht der Insel des Glückes und dennoch dem Strome des Lebens zu, der zur Himmelfahrt führt.

Der Junker erzählte seiner Braut die Begegnung mit den Wichteln, er zeigte ihr behutsam den silbernen Schuh und sang, wäh-

rend die Hufe durch den dunklen Wald klapperten und seine
Leute die Stimmen verhielten, wundersam bewegt:

> *„O Silberschuh, du milder Schein,*
> *o Nacht, o Himmelfahrt und Ruh:*
> *Durch Blumen strömt der Schöpfung Wein,*
> *und Sterne singen still dir zu."*
>
> *(n. Theodor Seidenfaden)*

Die Blume Wundergold

Es waren einmal zwei Kinder, Brüderchen und Schwesterchen, die hatten mit ihren Eltern in einem Mooshäuschen
mitten im Wald gewohnt. Nun waren aber Vater und
Mutter gestorben, und es war keine Menschenseele da, für die
Kinder zu sorgen. Da graute es ihnen in dem leeren Häuschen.
An einem Frühmorgen nahmen sie das letzte Stück Brot, das
noch auf dem Tische lag, sperrten die Tür hinter sich zu und
gingen in die weite Welt hinaus. Vielleicht finden wir draußen
gute Menschen, die uns helfen, dachten sie. Sie gingen immer
tiefer in den großen Wald hinein, bis sie zuletzt gar nicht mehr
wussten, wo sie waren. Es war aber ein heißer Tag, und die
Kinder waren von dem langen Wege müde zum Umsinken.
Gerade wollten sie an einer Quelle niederknien, um zu trinken
und ihr Stücklein Brot zu essen, da hörten sie ganz nahe eine
Stimme rufen:

> *„Wer hilf mir über das Mäuerlein*
> *Es soll ihm nicht zum Schaden sein!"*

Da ließen sie ihr Brot liegen und eilten auf die Stelle zu, woher
die Stimme kam. Sie kamen an ein schmales Wasser. Auf der
anderen Seite des Wassers stand ein winziges Männchen. Das
reichte dem Brüderchen noch nicht bis ans Knie. Das Männchen
hatte ein graues Röcklein an und feuerrote Strümpfe; auf dem

Kopfe trug es ein spitzes Hütchen mit einer Troddel aus purem Gold. Es hatte ein schweres Säcklein über dem Rücken hängen. „Ich kann nicht übers Wasser," sagte es. „Wollt ihr mir helfen, liebe Kinder, so sucht ein paar glatte Tannenstämme und macht eine Brücke daraus."

Da dachten die Kinder nicht mehr an Hunger und Müdigkeit; sie wollten lieber dem alten fremden Männlein helfen und gingen weiter in den Wald, wo die Bäume ganz dicht standen und sogar hier und da auf der Erde übereinander lagen. Da suchten sie zwei Tannenstämmchen, schleppten sie zum Wasser und schoben sie dicht nebeneinander. Da war das Brücklein fertig, und flugs lief das winzige Männchen hinüber. Dann öffnete es sein Säckchen, nahm einen eisernen Becher heraus und schenkte ihn den Kindern.

Ehe es weiterging, fragte es, wohin sie eigentlich wandern wollten. Da erzählten sie ihm, dass sie gute Menschen suchten, die ihnen helfen möchten.

„Wenn's weiter nichts ist," sagte das Männlein, „so müsst ihr zuerst die Blume Wunderhold haben; dann werden sie euch schon liebhaben und euch helfen."

Da fragten die Kinder: „Wo wächst die Blume, freundliches Männlein?"

Da sagte das Männlein: „Fast drei Tagereisen von hier auf dem Berge 'Morgenschön'. Aber niemand kann die Blume Wunderhold finden, als wer ein ganz reines Herz hat und außerdem unterwegs drei Proben besteht. Ihr könnt es ja versuchen. Nur müsst ihr immer geradeaus gehen, bis ihr an den Berg 'Morgenschön' kommt. Unterwegs dürft ihr nichts essen als trockenes Brot und nichts trinken als klares Wasser."

Da dankten die Kinder dem Männlein und sagten ihm Lebewohl. Aber als sie sich noch einmal nach ihm umdrehten, sahen sie, wie es in einem hohlen Eichbaum verschwand.

Sie aßen nun von ihrem Brot und schöpften Wasser mit dem eisernen Becher. Dann wanderten sie neugestärkt weiter. Und siehe, da war plötzlich ein schmaler Pfad vor ihnen wie von frischen Fußtritten gemacht. Auf einmal hörten sie ein jämmerliches Weinen und Stöhnen von vielen Stimmen. Als sie näherkamen, sahen sie Männer, Frauen und Kinder, die unter den Bäumen im Moose lagen und nicht weiterkonnten. Sie sahen alle blass und krank aus und hatten hässliche Geschwüre im Gesicht und an den Händen. Eine Frau schleppte sich zu den Kindern und sagte: „Liebe Kinder, wollt ihr uns nicht Wasser aus der Quelle 'Silberklar' holen? Wir sind auf den Tod krank und weit hergekommen, um von dem Wasser der Quelle 'Silberklar' zu trinken und gesund zu werden. Nun hat uns die Krankheit niedergeworfen, dass wir nicht mehr weiterkönnen. Wir müssen hier elend sterben, wenn uns keiner hilft."

Anfangs ekelte es die Kinder vor den hässlichen Kranken. Aber sie konnten es doch nicht übers Herz bringen, die Leute alleinzulassen, ohne ihnen zu helfen. Da sagten sie: „So wartet noch ein Weilchen hier, wir wollen die Quelle suchen."

Sie gingen aufs Geratewohl weiter, immer in den Schein der Abendsonne hinein, die schon rot und feurig hinter den Bäumen stand. Auf einmal hörten sie ein leises Rauschen, und da sprang zwischen Farnkraut und wilden Rosen ein silberhelles Wasser aus der Erde. Ein Reh ging langsam, denn es schleppte sein rechtes Hinterbeinchen. Nun sahen die Kinder, wie es das Beinchen dreimal in das silberhelle Wasser tauchte, Als es zum letzten Mal so getan hatte, war das Bein heil und gesund wie die anderen. Da sprang das Tierchen munter davon.

Das muss die Quelle 'Silberklar' sein, dachten die Kinder, schöpften Wasser mit ihrem Becher und brachten es den armen Kranken. Aber dreimal mussten sie zurückgehen, ehe alle nur ein Schlückchen getrunken hatten. Als sie das erste Mal schöpften, wurde das eiserne Becherlein zu Silber, das zweite Mal zu Gold, das dritte Mal zu einem klarem Karfunkel. Die Leute aber, die getrunken hatten, waren auf der Stelle gesund, und die Beulen und der hässliche Ausschlag waren von ihren Gesichtern und Händen verschwunden.

Da dankten sie dem lieben Gott im Himmel. Auch den Kindern dankten sie und luden sie ein, mit ihnen in ihre Heimat zu ziehen.

Aber die Kinder sagten: „Wir können nicht mit euch gehen; wir sind auf dem Weg, die Blume 'Wunderhold' zu suchen."

Als die Nacht kam, schliefen Brüderchen und Schwesterchen in einer Sandhöhle. Am anderen Tage gingen sie in aller Frühe weiter, und gegen Mittag aßen sie ihr letztes Stück Brot. Sie waren nun aus dem Walde heraus und auf eine große grüne Wiese gekommen.

Darauf standen hundert und aber hundert Obstbäume aller Arten, und alle Zweige hingen schwer herab von reifen Früchten. Zwischen den Bäumen rankten Weinreben, die hingen auch dicht voll von blauen und weißen Trauben. Unten am Wege aber wuchsen alle Beeren der ganzen Welt, und alle zusammen waren reif. Da lachte den Kindern das Herz im Leibe, und Schwesterchen wollte schon eine Traube pflücken, und Brüderchen bückte sich nach den schönsten Erdbeeren, da fiel ihnen zum Glück ein, was das winzige Männlein gesagt hatte. „Nichts dürft ihr anderes essen drei Tage lang als schwarzes Brot!" Und heute war erst der zweite Tag. Da bezwangen sie ihre Lust und gingen schnell weiter.

Am Ende der Wiese lag eine kleine Kapelle. Ein winziges Lichtchen leuchtete von weitem heraus wie ein silberner Stern. Als aber die Kinder näherkamen, sahen sie, dass es ein Edelstein in der Krone von Gott Vater war. Da waren sie froh, dass sie unter sicherem Schutz waren, legten sich in eine hohe Kirchenbank, gerade unter das Bild des lieben Gottes, befahlen sich in seine Hände und waren bald eingeschlafen.

Als sie erwachten, war es heller Tag. Nachdem sie ihr Morgengebet gesprochen hatten und vor die Tür traten, stand da eine arme Frau mit zwei kleinen Kindern. Die Füßchen der Kinder waren nackt und bluteten, und sie zitterten im frischen Morgenwind vor Kälte. Da zogen Brüderchen und Schwesterchen schnell Schuhe und Strümpfe aus und schenkten sie den armen Kindern, und der Mutter gaben sie ihren Becher aus Karfunkelstein.

Da richtete sich die Frau hoch auf, und ihre Augen strahlten wie zwei Sterne. „Ihr seid gute Kinder," sagte sie, „und sollt gesegnet sein auf allen euren Wegen."

Nun war der dritte Tag angebrochen, und die Kinder dachten, bald würden sie wohl die Blume 'Wunderhold' finden. Als sie

eine Zeitlang gegangen waren, fühlten sie großen Hunger. Sie
suchten in ihren Taschen, fanden aber nur ein paar Brot-
krümchen. Die teilten sie und siehe: die paar Krümchen machten sie so satt, als ob sie an der Tafel des Königs gespeist hätten.
Nun standen sie vor einem hohen Berg. Der schimmerte wie
grünes Glas, und eine schmale weiße Strasse von Schnee zog
sich hoch hinauf. Oben am Himmel stand die Morgensonne, und

auf dem Berge war ein Leuchten und Funkeln, dass es nicht zu sagen war. Das muss der Berg 'Morgenschön' sein, dachten die Kinder, wir wollen in Gottes Namen hinaufgehen. Weit und breit war kein Mensch zu sehen; nur ein Haus aus großen, schwarzen Steinen ohne Fenster stand unten im Walde am Fuß des Berges. In dem Hause wohnte ein Riese mit seiner Frau. Der Riese musste den Berg bewachen, dass niemand hinaufkam, die Blume 'Wunderhold' zu pflücken; denn der Berg war wirklich der Berg 'Morgenschön', und oben darauf wuchs die Wunder-blume. Weil der Riese aber zu faul war und lieber den ganzen Tag schlief, statt aufzupassen, ließ er durch seine Frau immer frischen weißen Sand auf den Weg streuen, und sie musste nach-schauen, ob keine Fußspuren von Menschen darin wären. Dann hing der Riese seinen Sturmmantel um und stürmte den Berg hinauf. Und wehe dem Menschen, den er dort oben antraf! Er warf ihn ohne weiteres in den Abgrund an der Seite des Berges, der so tief war, dass man den Boden gar nicht sehen konnte. Das wussten die Kinder aber nicht.

Als sie sich eben anschickten wollten, ihre Füße auf den Sand-weg zu setzten, stand plötzlich, wie aus der Erde gewachsen, das winzige Männlein vor ihnen.

„Ihr seid brave Kinder," sagte es, „ihr habt die drei Proben bestanden. Ihr waret mitleidig mit den Kranken, enthaltsam im Tal der Üppigkeit und gütig und selbstlos gegen die Armen. Nun soll auch euch geholfen werden." Es pfiff auf den Fingern. Da kam ein starkes Rauschen aus dem finstern Wald, und zwei große Adler schwebten zu ihnen herunter. Sie mussten sich auf die großen Vögel niedersetzen und mit ihren Armen fest den Hals der Adler umfassen. Dann winkte ihnen das Männlein Lebewohl zu; und kaum konnten sie noch Danke sagen, da sausten sie schon durch die Luft über den leuchtenden Berg hin, dass ihre Haare im Winde flogen.

Unten im steinernen Hause aber richtete sich der Riese ein wenig von seiner Laubspreu auf, legte sich auf die Ellenbogen und sagt zu seiner Frau: „Ich wittere Menschen; steige aufs Dach, Frau, und sieh nach den Spuren im Sand." Da kam sie herunter und sagte: „Ich sehe keine Spur, der Sand liegt ganz glatt und fein." Da gab sich der Riese zufrieden und schnarchte weiter, und die Frau musste nun ihr Riesenkind wiegen, das von dem Schnarchen wachgeworden war und erbärmlich schrie. Das Wickelkind war so groß und dick wie zwölf Menschenwickelkinder zusammen, und als es schrie, zitterten die Steine des Hauses. Da sang die Mutter ihm ein Lied; sie sang es nur leise; aber die Kinder hörten es noch im Aufwärtsfliegen und dachten, unten brause ein Wasserfall.

Oben setzten die Adler die Kinder ab. Da standen hohe Felsen wie eine Krone um den hohen Eisberg, und in den Felsen lag eine Wiese. Zartgrünes Gras wuchs darauf, und mitten darin stand eine blaue Blume mit einem goldenen Stern, die leuchtete wie der Sommerhimmel. Zwei Blüten waren an einem Stengel. Der neigte sich den Kindern zu, und ein feines Stimmchen sprach:

> *„Bin das Blümlein Wunderhold,*
> *Mach reicher als das schnöde Gold:*
> *Guten Kindern, die mich pflücken,*
> *wird im Leben alles glücken. "*

Da pflückte das Schwesterchen sanft die Blume und gab eine Blüte dem Brüderchen.

Die Adler waren davongeflogen. Als die Kinder nun um sich schauten, sahen sie, dass an der anderen Seite des Berges ein Weg in ein grünes Tal hinabführte. Ein Schloss mit vielen Türmen lag unten in einem schönen Garten. In dem Schloss wohnte ein guter König. Seine eignen Kinder waren ihm früh gestorben, und ein heiliger Mann hatte ihm geweissagt, es würden ihm einst zwei Waisen begegnen, die so gut wären wie keine anderen Kinder auf der Erde. Er würde sie daran erkennen, dass sie eine blaue Blume mit einem goldenen Stern in der Hand trügen, das sei die Blume 'Wunderhold', und sie blühe alle Jahre nur einmal auf der ganzen Welt.

Die Kinder gingen nun den Berg hinab auf das Königsschloss zu. Da hörten sie Jagdhörner und Hundegebell, und der König kam gerade auf seinem weißen Pferd mit seinen Jagdgesellen dahergeritten. Als er die Kinder sah und die blauen Blumen in ihren Händen, sprang er schnell vom Pferde, schloss sie in seine Arme und rief:

„Willkommen, ihr Waislein gut und rein,
Ihr sollt jetzt der Königs Kinder sein!"

Und er fragte sie, ob sie mit ihm als seine Kinder zu der Frau Königin gehen und immer bei ihnen bleiben wollten. Da sagten sie voll Freude „Ja", und er hob sie auf sein Pferd und führte sie ins Königsschloss. Und die Frau Königin hatte sie lieb wie ihre eigenen Kinder. Weil sie aber ihr ganzes Leben gut von Herzen blieben, waren sie über die Maßen glücklich, und alle Leute blieben ihnen hold und gut, auch als die Blume 'Wunderhold' schon längst verwelkt war.

(n. Angelika Harten)

Hornickel

Es war einmal ein König, der tat nichts lieber als mit seinen Jägern auf die Jagd zu reiten. Nun war er wieder einmal gerade um die Mittagszeit im Walde. Der Tag war heiß, deshalb saß der König mit seinen Herren beim Frühstück im Schatten einer alten Eiche. Eine Flasche Wein nach der andern trug der Mundschenk heran; die hatte er schon am Morgen nahebei in eine Quelle zum Kühlen gelegt. Als er nach dem Essen wieder zum Brunnen kam, um den übrigen Wein in die Kiste zu packen, da schrie er alle Leute zusammen. Denn im Gras, dicht bei dem Wasser, zwischen Kresse und Butterblumen, schnarchte ein wilder Waldkerl. Ein Zottelfell hatte er, Bockshufe statt der Füße und auf der Stirn ein paar Hörnchen. Waldefeu war um seinen Kopf geschlungen wie ein Kranz, und um ihn her lagen viele Weinflaschen, die er alle leergetrunken hatte. „Den fangen wir!" rief der König, als er ihn sah, und die Jäger mussten Vogelnetze über den Waldmann werfen. Da erwachte er, schaute verstört um sich und wollte aufspringen. Aber immer mehr verwickelte er sich in dem Netzwerk, und schließlich konnte er sich nicht mehr rühren und regen. „Wer bist du?" fragte der König. Aber der wilde Mann gab keine Antwort, wie man auch auf ihn einredete.

Da ließ ihn der König auf den Jagdwagen bringen und hinab in die Stadt fahren. Dort befahl er, für ihn einen Käfig aus vergoldeten Eisenstangen zu schmieden. In den Käfig ließ er ihn einschließen, und alles Volk konnte ihn auf dem Hof des Palastes besehen. Dem König aber wurde das bald zu lästig. Da kam der wilde Mann in den zoologischen Garten, wieder in ein vergoldetes Käfighaus. Noch immer sprach er kein Wort. Auch kein Essen rührte er an. Nur wenn der Junge des Wärters in heimlichen Abendstunden zum Käfig kam und ein paar Äpfel oder Birnen hineinreichte, dann nahm er sie. Aber er sagte nichts.

Mitten in einer Juninacht wurde der Junge wach. Der Mond schien durch das offene Fenster, und alle Bäume und Büsche standen in Blüten. Der ganze große Garten aber war von einem gewaltigen Gesang erfüllt, so herrlich, wie der Junge nie etwas vernommen hatte. Als er zum Fenster hinausschaute, rührte sich kein Blatt und kein Zweig, kein Wölkchen wehte von den Sternen her, und es war, als stünde sogar der Mond still und hörte zu. Der wilde Mann singt, dachte der Junge, sprang in die Kleider und lief in den Garten hinab. Und wo er vorüberkam, da standen die Tiere und horchten: die Löwen und Tiger, die Bären und Panther. Die Affen hockten auf ihren Felsen zusammen, die Elefanten waren aus ihren Häusern gekommen und hatten die großen Ohren aufgeklappt. Die Fische schauten Kopf an Kopf aus dem Wasser der Teiche, und die Seehunde saßen auf den Steininseln und lauschten.

Endlich war der Junge an dem vergoldeten Käfig, und richtig; der wilde Mann stand an seinem Gitter und sang in die Nacht hinaus. Nicht ein Wort verstand der Junge, aber er wagte kaum, zu atmen, so schön war der Gesang. Und als der wilde Mann endlich schwieg, da hallte es noch lange nach aus fernen Bergen und Wäldern. Aus dem Garten aber wehte ein unermessliches

Seufzen, ein Stöhnen aus allen Käfigen und Gehegen. Die Adler
schrieen in ihrem Gitterhaus, und die Elefanten trompeteten laut
zum Monde hinauf. „O du armer, herrlicher, wilder Mann", rief
der Junge endlich, „könnte ich dir doch helfen!" „Das kannst
du", sagte da auf einmal der wilde Mann, „lass mich aus dem
Käfig, und ich will dich reich belohnen." „Vielleicht vergesse
ich einmal die Türe abzuschließen", erwiderte der Junge, „wenn
ich samstags bei dir fege." Der wilde Mann schüttelte den Kopf.
„Nein, denn jetzt haben sie mich singen gehört, und ich musste
wieder einmal singen, sonst wäre mir das Herz zersprungen.
Aber nun wird der König mich hinter doppelte und dreifache
Riegel sperren." „Dann gedulde dich ein Weilchen", sagte der
Junge. Er wusste nämlich, wo sein Vater den Schlüssel verwahr-
te. Nicht lange, da kam er zurück und schloss den Käfig auf:
„So, wilder Mann, nun geh, wohin du willst!" „Ja", erwiderte
der Waldmann, „ich gehe fort, und niemand wird mich mehr
sehen. Nur dir will ich meinen Namen sagen. Wenn du einmal in
Not bist, dann geh in den Wald hinauf und ruf: „Hornickel!
Hornickel! Dann will ich kommen und dir helfen." Sprach's,
sprang hinaus in den Garten und war in den Goldregenbüschen
verschwunden. Da verschloss der Junge den Käfig, hängte den
Schlüssel an seinen Platz und legte sich zu Bett.

Anderntags schon in der Frühe war die ganze Stadt zum Zoo
auf den Beinen; alle hatten sie den nächtlichen Gesang gehört.
Aber niemand wurde eingelassen. Die Wärter hatten bereits
entdeckt, dass der Käfig des wilden Mannes leer war; dabei war
die Tür fest verschlossen, und der Schlüssel hing an dem
gewohnten Haken. Auch keine Stange war verbogen und keine
Lücke im Dach. Die Polizei suchte alle Winkel des Gartens ab,
doch nirgends war der wilde Mann zu finden. Der König war
außer sich. Denn einen wilden Mann hatte sonst keiner von allen
Königen der Erde je gehabt. Er zog fast Tag für Tag zur Jagd in
die Wälder und ließ an jeder Quelle ein paar Flaschen vom
besten Wein auslegen. Die waren denn auch, sooft die Jäger
nachschauten, leergetrunken. Aber der wilde Mann lag nicht
mehr daneben im Gras. Nur grölten immer öfter betrunkene
Handwerksburschen und Holzhauer in der Stadt herum.

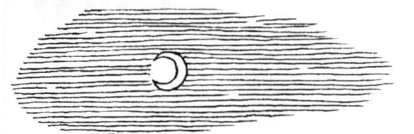

„Haben sie den wilden Mann gefunden?", fragte die Königstochter jeden Abend, wenn der Vater zurückkam, „denn ich
muss seinen Gesang wieder hören, sonst sterbe ich." Sie wurde
von Tag zu Tag trauriger und bleicher. Der König ließ die
berühmtesten Ärzte kommen, aber keiner konnte ihr helfen. Die
besten Sänger mussten ihr vorsingen, aber immer winkte sie
müde ab, – nein, der Gesang des wilden Mannes sei unendlich

schöner. Da gab der König in allen Landen bekannt, wer ihm den wilden Mann zurückbrächte, der bekäme die Prinzessin und gleich am Hochzeitstage das halbe Reich. Bald reisten die jungen Leute von nah und fern heran, Könige und Königssöhne, Edle und Bürgerliche, fahrende Studenten und junge Jäger. Mit Netzen und Wurfschlingen wilderten sie durch den Busch, hoben Wolfsgruben aus und stellten Fallen. Aber der wilde Mann ließ sich nirgendwo blicken.

Nur der Wärterjunge hörte von alledem nichts. Denn sein Vater hatte ihn in eine ferne Stadt zur Hochschule geschickt. Dort studierte er fleißig, und zudem hatte seine Wirtin eine schöne Tochter. Mit der ging er in den lauen Frühlingsdämmerungen spazieren, und im Winter saß er fast alle Abende mit ihr im Theater. Denn sie hörte für ihr Leben gern Musik. „Ach, könnte ich auch so singen!" sagte sie oft. Der Student aber, sowie er einen großen Sänger hörte, flüsterte jedes Mal dem Fräulein zu: „Nicht übel! Doch wenn das erst der wilde Mann sänge!"

So kam der Sommer, und mitten im Sommer war der Geburtstag des Mädchens. „Was soll ich ihr schenken?" dachte der Student, der auf Heller und Pfennig nur soviel Geld hatte, wie er zum Studieren brauchte. In dieser Not fiel ihm der wilde Mann ein. Am Morgen vor dem Geburtstag ging er den Berg hinauf und in das Dickicht. Inzwischen war es Mittag geworden, und die Sonne brannte in den Wald hinab. Kein Lüftchen regte sich, kein Vogel sang. Es war eine ungeheure Stille. Da blieb der Junge stehen und rief: „Hornickel! Hornickel!" Sogleich tat sich vor ihm ein Geißblattbusch auf, und der wilde Mann trat heraus, über und über mit Waldefeu behängt. „Nun, du hast dich die ganze Zeit ja nicht sehen lassen", sagte er, „willkommen im Wald!" „Ich hätte aber eine Bitte, Hornickel", erwiderte der Student. „Weiß schon", nickte der wilde Mann, „deinem Mädchen möchtest du den großen Gesang schenken, nicht bloß Türelür und Lititi!" „Ja, Hornickel", sagte der Junge, „geht das zu machen?" Da stampfte der wilde Mann mit dem Bockshuf auf die Erde, und sogleich sprudelte zwischen Moosen und Farnen eine klare Quelle aus dem Gestein. Dann griff er hinter sich und langte eine leere Weinflasche aus dem Busch; die füllte er mit dem eisigen Quellwasser und sagte: „Das soll sie trinken!" Sprach's, sprang wie ein Bock in den Wald und war verschwunden. Der Student aber tat, wie ihm geheißen war, und das Mädchen wunderte sich sehr, als es von ihm nur Wasser zum Geburtstag bekam. „Wirst schon sehen", lachte er und gab keine Ruhe , bis sie die Flasche Glas um Glas leer getrunken hatte. Dann sah sie ihn an. „Wie wird mir?" sagte sie, „als wenn ich nichts als singen müsste!" Und sie sang und sang so herrlich, wie er nur einmal in seinem Leben singen gehört hatte, als der wilde Mann aus seinem Käfig in die Mondnacht hinaussang. Im Nu gingen alle Fenster in der Nachbarschaft auf. Die Leute auf der Strasse blieben stehen und lauschten, sogar die Pferde gingen keinen Schritt von der Stelle, solange das Mädchen sang. Am nächsten Abend schon sang es im Theater, wo der ganze königliche Hof erschienen war. Schnell ging nun die Kunde durch alle Reiche, und eines Tages kam auch der König, dem der wilde Mann entflohen war, mit seiner kranken Prinzessin angereist. Schön und bleich saß die Königstochter in ihrer Loge. Aber als die Sängerin zu singen begann, färbten sich die Wangen und ihre Augen strahlten. „Ich hörte noch keine Stimme wie diese", sagte sie hinterher, „aber der Gesang des wilden Mannes war es noch immer nicht." Doch der König freute sich schon, als er sah, wie seine Tochter wieder ein wenig aufblühte. Und er litt es gern, dass die Sängerin von nun alle Tage um sie war. So wurden die beiden Mädchen Freundinnen. Und auch der Student ging am Königshof ein und aus.

Aber die Prinzessin wurde noch immer nicht gesund. In den Sommernächten saß sie lange am offenen Balkonfenster. „Ach, wenn ich nur einmal noch den Gesang des wilden Mannes hören könnte", sagte sie zu der Freundin. Und die erzählte es dem Studenten und drängte ihn: „Du bist der einzige, der ihr helfen kann!" Er nahm also Urlaub von den Damen und wanderte wieder in den Wald hinauf. Bald hatte er die Quelle gefunden, die der Bocksfuß aus der Erde getreten hatte. Und er rief „Hornickel, Hornickel!" Im Augenblick teilte sich der Busch, und der wilde Mann stand vor ihm. „Nun", fragte er,

„kann sie singen?" „Herrlich!" rief der Student, aber jetzt hätte er eine andere Sorge. Und er erzählte, dass die Königstochter so krank sei nach seinem Gesang. Des wilden Mannes Gesicht strahlte: „Dann ist sie es, die ich schon lange suche!" erwiderte er, „sag ihr also, wenn sie mich heiraten will, dann soll sie meinen Gesang alle Tage hören. Am Mittag vor der Mittsommernacht Schlag zwölf muss sie hier an der Quelle sein. Der ganze Hofstaat darf sie begleiten. Dann aber muss sie allein in den Geißblattbusch gehen!" Sprach's und verschwand in den Wald.

Der Student eilte sogleich in die Stadt und brachte der Prinzessin die Kunde. Die war vor Freude außer sich Auch der König kannte sein Mädchen kaum wieder, so gesund und schön sah es plötzlich aus. „Vater, ich heirate den wilden Mann!" rief es. Da wollte der König dies und das und jenes und noch etwas einwenden, aber die Prinzessin blieb dabei: „Ich heirate den wilden Mann, oder ich sterbe!" Da gab der König nach und ließ die Hochzeit rüsten, denn es war nur noch eine Woche bis zur Mittsommernacht.

Als der Tag herangekommen war, begannen schon in der Frühe von allen Türmen die Glocken zu läuten. Und als es auf den Mittag zuging, fuhren die königlichen Wagen, einer hinter dem anderen, festlich geschmückt den Berg hinan. Und es folgte ihnen die ganze Stadt, groß und klein. Der Brautkutsche, die über und über mit Rosen bekränzt war, gingen in bunten Kleidern Mädchen voran, Blumenkränze im Haar. Bald kam der Zug zwischen Kornfeldern her, und über ihm sangen die Lerchen, dann durch die Heide an Birken, Wacholdern und Hagrosenbüschen vorbei, bis er endlich im Wald anlangte. Kaum war der erste Wagen hineingefahren, da hörten drunten die Glocken zu läuten auf. Und es trat eine große Stille ein. Doch dann scheuten plötzlich die Pferde, und die Kutscher mussten vom Bock, um sie am Zügel zu führen. Denn rechts und links vom Wege standen jetzt, Kopf an Kopf, die Tiere des Waldes: die Eichhörnchen, die Mäuse, Ohr bei Ohr die Hasen, die Füchse, die Dachse, Rehe und Hirsche, Wölfe und Bären, lange, lange Reihen; und nicht ein Plätzchen am Straßenrande war mehr frei. Und

tiefer noch wurde der Wald, und nun bildeten die Tiere aus
Wüste, Urwald und Dschungel Spalier: Tiger und Löwen,
Leoparden und Panther, Nashörner und Zebras, die Affen und
zuletzt die Elefanten. Zitternd und bebend zogen die Leute
vorbei. Aber die Tiere rührten und regten sich nicht. Hinter
ihnen fing dann erst recht der Schauer der Wälder an. Denn nun
säumten die Wege die Geister der Wildnis: das ganze Volk des
Großen Pan, alle ihren Ordnungen nach, die Zwerge und Kobolde, Baumkerle und Moorweiber, die schönen Feen und die
krummen Waldfrauen, die Nixen, Brunnenmänner, Holden und
Unholden. Der Atem stockte den Menschen, als sie so mitten
durch die Heerscharen des wilden Mannes zogen.

Endlich kamen sie an die Quelle. Dort stieg die Prinzessin aus,
nahm Abschied von ihrem Vater und der Freundin, und als dann
aus dem Tal drunten die Mittagsstunde von den Türmen schlug,
breitete sie mit beiden Armen den Geißblattbusch vor sich aus-
einander. Der aber öffnete sich schon von selbst; kaum war die
Braut in die Lücke getreten, da schloss er sich hinter ihr, und sie
war verschwunden. Nicht einmal die Blätter rauschten ihr nach.
Als die Uhren dann geschlagen hatten und weit und breit nichts
mehr war als die große Stille des Waldes, da kehrte der Zug um.
Von den Geistern und den Tieren aber war auch nicht die Spur
mehr zu sehen.

So feierte nun die ganze Stadt ohne Brautpaar das Hochzeits-
fest bis tief in die Johannisnacht hinein. Plötzlich aber, um die
Mitternachtsstunde, stockte der Tanz, die Musik schwieg, und
alle lauschten in die flimmernde Stille hinaus. Denn fern vom
Wald her sang auf einmal der wilde Mann, und um seine Stimme rankte und schmiegte, bog und wob sich eine wunderbare
Frauenstimme, und sie sangen nun über alle Berge hin, und ihr
Gesang war von einer Herrlichkeit ohnegleichen. Und sie
sangen, bis in der ersten Morgenfrühe im Osten die Höhen
wieder grauten. Niemand ging in dieser Nacht zu Bett. Auch der
König stand all die Stunden auf dem Balkon und lauschte
schweigend hinaus. Seine Tochter hat er nie wiedergesehen.
Dafür hörte das ganze Land von nun an oft den wilden Mann
singen, und am schönsten sang er, wenn der volle Mond über

den Bergen hing oder um die sommerliche Mittagsstunde, wenn alle Wälder schwiegen.

Der Student und Sängerin aber blieben bei dem König, und als der alte Herr starb, wurde der Wärterjunge sein Nachfolger. Nie war das Land glücklicher gewesen als unter dem neuen König und seiner Königin. Denn es heißt, dass er, sooft er Rat und Hilfe brauchte, hinaufwanderte in den Wald zu der Quelle und „Hornickel! Hornickel!" in den Geißblattbusch rief. Viele sagen sogar, er und die Königin wären den Kindern des wilden Mannes und der Königstochter Paten geworden.

(Dr. Wilhelm Matthießen)

Das Gold in der Asche

Einem jungen Bauern war die Frau gestorben, und als neue hätte er gern ein Mädchen gehabt, das ihm seitdem den Haushalt führte. Aber klein und arm, wie sein Hof nur war, getraute er sich nicht, es ihr anzutragen. An einem Sonntag kamen beide aus der Kirche. Hatte sonst die Holzkohle immer noch auf dem Herd geglüht, an diesem Morgen war die Glut erloschen. „Warum gerade heut', wo ich's so eilig hab'"! brummte das Mädchen; es wollte nämlich im benachbarten Dorf seine Eltern besuchen. Schnell lief es mit einem Eimer zum nächsten Hof, um sich dort etwas Glut zu holen.

Als es so dahineilte, sah es plötzlich am Wegrand ein helles Feuer. Kam ihm das auch verwunderlich vor, so zögerte es doch nicht lange, schaufelte seinen Eimer voll und lief zurück. Ehe es aber die Küche erreichte, war alle Glut zu Asche geworden. Nochmals eilte es und füllte den Eimer, fand jedoch wieder die Glut erkaltet, als es sie aufschütten wollte. Uns so geschah es auch noch ein drittes Mal.

Als es schimpfend in der Asche herumstocherte, stieß es auf etwas, das glänzte wie Gold. Zwei, drei Hände voll schimmernder Bröcklein konnte es sammeln. Es verwunderte sich und holte den Bauern herbei. Aber auch der konnte sich das Selt-

same nicht erklären und meinte, das ginge nicht mit rechten Dingen zu.

Und so war es Auf dem Hof trieb nämlich seit langem ein Wichtel sein Wesen, ohne dass einer es ahnte. Er wusste, was den Bauern bedrückte, und weil er ihm wohl gesonnen war, wollte er ihn mit dem Mädchen zusammenbringen und glücklich machen. Am nächsten Tag trug der Bauer die glänzenden Bröcklein in die Stadt. Er erfuhr, dass sie aus reinstem Golde waren, er verkaufte sie und war nun ein reicher Mann. Jetzt fand er den Mut, das Mädchen zur fragen, ob es seine Frau werden wolle. Es willigte ein, und nun wurde bald Hochzeit gehalten. Die beiden lebten glücklich bis an ihr Ende. Von dem Wichtel entdeckten sie nie mehr eine Spur.

(Matthias Zender)

Die goldene Wiege

Einmal lebte auf einer Burg ein Grafenpaar, das hatte keine Kinder. Es konnte auch kaum noch welche erwarten, weil es schon hoch bei Jahren war. Als ihm dennoch ein Mädchen geboren wurde, ließ der Graf ihm vor Freude eine goldene Wiege machen.

Aber was gilt dem Tod eine goldene Wiege, was fragt er danach, ob Eltern ihr Kind über die Maßen lieben! Eines Nachts drang er heimlich in die Schlafkammer ein, beugte sich über die Wiege und behauchte sie. Nun dauerte es nicht mehr lange, da wurde das Kind in einen Sarg gelegt und begraben. Seitdem saß die Mutter oft vor der Wiege und weinte still vor sich hin. Den Grafen bedrückte das sehr, und er überlegte, wie er es ändern könnte.

Wieder einmal saß die Gräfin eines Nachts vor der Wiege, schaukelt sie, als ob darin noch das Kindchen ruhte und weinte, bis sie ermüdet einschlief. Da stand der Graf leise von seinem Lager auf, trug die Wiege heimlich auf den Burghof hinaus und versenkte sie dort im Brunnen.

Als die Gräfin erwachte, vermisste sie sofort die Wiege. Sie suchte nach ihr in allen Kammern und Winkeln. Sie befragte ihren Gemahl, den Burgvogt, die Knechte und Mägde. Alle zuckten jedoch die Schultern. Reichlicher flossen nun die Tränen, und die Gräfin verging wie der Tag vor dem Abend. Endlich wurde sie stiller und stiller, legte sich hin und starb. Bald darauf wurde neben sie auch der Graf in das Grab gelegt.

Später versuchten einmal zwei Männer, die Wiege zu heben. Sie hatten den Schatz schon bis an den Brunnenrand hochgebracht und beglückwünschten sich eben, da polterte er wieder hinab in die Tiefe. Sie hatten vergessen, dass sie beim Schätzeheben nicht sprechen durften. Seitdem wurde die Wiege nie wieder gefunden.

(n. Matthias Zender)

Das Filigranmännlein

Ein Mädchen ging einmal früh in den Wald, um Beeren zu suchen. Da stand plötzlich ein Wichtel vor ihm und sah es nicht eben freundlich an. Das Männlein war vornehm herausgeputzt: Es trug einen scharlachroten Rock und einen Federhut, hatte glänzende Stiefel an den Füßen und war mit einem silbernen Schwert gegürtet. „Was tust du so früh im Wald?" sprach es sie an. „Ich will Erdbeeren für einen Kuchen suchen", sagte das Mädchen. „Meine Mutter hat heut' ihren Namenstag." Da hellte sich das Gesicht des Wichtels auf, und freundlich sagte es: „So leid es mir tut, muss ich dich bitten: Suche heute und morgen die Erdbeeren anderswo! Ich will nämlich hier jagen und im Bach dort Forellen fischen. Da würdest du mir wahrscheinlich den Fang verderben. Tust du, worum ich dich bitte, wird es dir bestimmt nicht zum Schaden sein." Das Mädchen nickte und suchte die Beeren anderswo. Es fand sehr viele: Das Körbchen wurde randvoll, und es konnte sich auch noch satt essen.

Am übernächsten Abend ging das Mädchen abermals in den Wald. Schon wieder stand da der Wichtelmann und wartete. Es gab ihm die Hand, und als es die Hand berührte, fand es sich unversehends in einer großen Höhle. Hier glitzerten goldene und silberne Adern aus grauem Gestein. Sie gaben ein Licht wie von unzähligen Kerzen. Mitten in der Höhle stand ein großer Tisch und daneben ein kleiner Amboss. Auf dem Tisch häuften sich Fäden aus Samt und Seide und in allerlei Farben. Auf dem Amboss lag ein silbernes Hämmerchen.

Nun hob der Wichtel die Hände und murmelte Worte in einer Sprache, die hatte das Mädchen noch nie gehört. Da flossen hauchdünne Fäden aus den Adern in dem Gestein. Der Wichtel zupfte einmal hier, einmal dort und hatte jedes Mal einen feinen Draht aus Gold oder Silber in seiner Hand. Dann knüpfte und wirkte, formte und bog er die Drähte mit den Fäden aus Samt und Seide zusammen, legte das Gefüge auf den Amboss und beklopfte es hier und da mit dem Hämmerchen. Schließlich breitete er ein liebliches Geschmeide auf den Tisch und lächelte verschmitzt, als er fragte: „Hast du gut aufgepasst?"

Gut aufgepasst hatte das Mädchen schon; doch war ihm bei den flinken und geschickten Händen des Wichtels manches entgangen.

„Gibt acht, ich zeig' es dir noch einmal!" sagte das Männlein. Nun wiederholte es langsam das gleiche Gewirke, unterwies das Mädchen in vielen Kniffen und freute sich sehr, als es endlich das Kunstwerk ohne weitere Hilfe zustandebrachte.

„Filigran heißt das feine Geschmeide", sagte der Wichtel. „Übe dich in der Kunst, es zu wirken! Sie wird dich wohlhabend machen. Ich lehrte sie dich, weil du folgsam gewesen bist." Wieder gab er dem Mädchen die Hand, sagte: „Lebewohl!" und schon fand es sich an der gleichen Stelle wieder, wo es den Wichtel getroffen hatte. Über ihm leuchteten der Mond und die Sterne, Nachtigallen schlugen, und in dem Körbchen an seinem Arm lagen viele dicke Knäuel von silbernen, goldenen, samtnen und seidigen Fäden. Schon am nächsten Tag begann das Mädchen die Kunst zu üben, die der Wichtel ihm beigebracht hatte. Nachdem es dann größer geworden war, trug es sie unter die Leute. Bald verdienten viele ihr Brot damit, und manche wurden reich wie das Mädchen. Doch erfuhr niemand von ihm, wie es and die Filigrankunst gekommen war.

(Matthias Zender)

Eifelgold

Als die Burggräfin Ginestra von ihrem Ausritt heimkehrte, war der Abend hereingebrochen. Die waldigen Täler waren erfüllt vom Duft der Dämmerung. Am Himmel spielten schon rötlich Lichter und mischten sich mit den Farben des Laubes, das von Tag zu Tag glühender und prächtiger leuchtete. Ihr Pferd, ein edler Fuchs, dem sie die Zügel auf diesem Heimritt lang gelassen hatte, schritt mit weit ausladenden Bewegungen von Talbiegung zu Talbiegung, von Zeit zu Zeit, den Kopf hebend und mit den Nüstern sprühend, je näher es zu seinem Stall kam. Früh wurde es Nacht, aber es war noch wie ein Abgesang von Sommer, was in der Luft lag, etwas Duftendes und Schwebendes, etwas Leichtes und Belebendes.

Ginestra atmete den Abendduft tief in sich ein, ihre Gedanken gingen weit zurück.

Viel Volk war an ihren Weg getreten, als sie durch die Dörfer geritten war, alles hatte die Knie vor ihr gebeugt. Einzelne Frauen hatten versucht, ihren Steigbügel zu erfassen und ihren Fuß zu küssen. Doch war es ein seltsames, wie unterirdisches Feuer gewesen, was in all den vielen Augen, in die sie hineingeblickt, geglommen war. Als nun die Sterne am Himmel hervortraten, sah sie die vielen auf sich gerichteten Augen diesmal in überirdischem Leuchten noch einmal vor sich. Da eben der Abendwind aufgekommen war und um die Talecken jagte, schauderte sie zusammen, dass das Pferd unter ihr unruhig zusammenzuckte. Nun aber ritt sie in raschem Trabe um die letzte Talwendung und sah das Schloss Margraten vor sich, aus dessen Fenstern die ersten Lichter ergänzten. Bei ihrem Nähern kam Sinister, der Hofmeister, aus der dunklen Wölbung hervor, beugte das Knie und trat herzu, um das Pferd aus ihrer Hand zu nehmen; denn sie war schon vor dem Schlosstor abgestiegen, weil das Pferd, von einer unerklärlichen Furcht befallen, an dieser Stelle scheute. Indessen war auch Merete, die alte

Amme, herzugetreten, vor der Herrin niedergekniet, um ihr die Hand zu küssen.

Nun umfingen sie die alten Mauern des Schlosses Margraten. Die Ahnenbilder in der Halle sahen sie drohend an wie immer, wenn sie aus dem großen blühenden Garten des Landes in die Enge der Gemächer trat. Ihr schauderte, und alles Vergangene trat hell wie ein Brand vor ihre Seele. Im Mittelpunkt all dieser drängenden Gedanken aber stand Margrat, der Burggraf. Er hatte sie aus ihrer sonnenhellen Kindheit wie aus einem sommerbunten Garten an seine harte Hand genommen und mit sich in sein düsteres Schloss geführt. Sie hatte sich von ihm leiten lassen, weil er so viel älter gewesen war als sie, und war ihm gefolgt als Kind, war ein Kind immer geblieben. Bald hatte das Leiden begonnen. Sie hatte ihm angehört, sie hatte ihm Kinder geboren, aber eines nach dem anderen war ihr im zartesten Alter gestorben. Im Laufe der Zeit war es zu einer Entfremdung zwischen ihr und dem ungestümen Gemahl gekommen.

Soviel zwischen ihm und seiner zarten Frau lag, es lag noch viel mehr zwischen ihm und dem Volk, das unter seiner harten Herrschaft stand. Rücksichtslos hatte er seine Untertanen ausgebeutet und ausgenutzt. Er hatte alles von ihnen erpresst, was nur zu erpressen war. Erbarmungslos hatte er Frondienste erzwungen und Zehnten eintreiben lassen und war dabei noch den bedrängten Bauern durch die hoch im Halm stehenden Felder mit seiner Jagdgesellschaft galoppiert, wenn er seine Jagden hielt. Manche Faust hatte sich drohend erhoben, wenn er vorüber war. Mancher Stein war aus dem Verborgenen herangeflogen, ohne dass dem bösen Treiben Einhalt zu bieten war.

So war es gekommen wie es kommen musste. An einem schneidend kalten Wintertag, als der Burggraf mit seiner Meute aufgebrochen war, um Wildschweine zu erlegen, die in seinem Gebiet Schaden taten, war er von der Jagd nicht mehr heimgekehrt. Die Jagdhunde waren ohne den Herrn zurückgekehrt, kläffend und klagend. Die Knappen hatten den Burggrafen bis in die späte Nacht gesucht, aber sie hatten ihn nicht gefunden. Am anderen Morgen aber hatte sich Sinister, der Hofmeister, aufgemacht und den Herrn hinter einem Berberitzenstrauch tot aufgefunden. Dort hatte er im fernen Wald im hohen Schnee mit durchschnittener Kehle gelegen. Sein rotes Blut war in den weißen, harten Schnee geströmt und hatte ihn wie mit Adern durchzogen. Wer die Tat vollbracht hatte, ist nie bekannt geworden, so sehr auch Sinister forschte und drohte. Ginestra aber ließ bald alle Nachforschungen einstellen. Eine innere Stimme sagte ihr, dass solche Strafe des Himmels nicht ohne Grund erfolgt sei. Sie mühte sich gutzumachen, wo noch etwas gutzumachen war. Und doch fühlte sie sich schwach und ohne jeden Entschluss. Gut wollte sie sein und hilfreich, doch konnte sie das Gefühl des zu Unrecht erworbenen Gutes nie loswerden.

In ihrer Not und Bedrückung hatte sie sich an Sinister zu wenden gesucht, an den Hofmeister, der stets so düster und verdrossen einherschlich und der Herrin niemals offen und frei in die Augen zu blicken vermochte. Sein finsteres Wesen machte sie unruhig. Er war wie der böse Geist in all der Verfinsterung, die sie umgab, in der Dunkelheit der Gewölbe, in der sie leben musste. Immer wieder wich Sinister aus, immer ging er ihr aus dem Wege.

Der einzige Mensch, der ihr aufgeschlossen war, treu und untertan, war Merete, die alte Amme, die von Kind an Ginestras Leben begleitet und geleitet hatte. Mit ihr war sie in das Schloss zu Margraten gekommen, mit ihr konnte sie über die Eltern sprechen, die in einem fernen Land in ihren Gräbern ruhten. Ihr konnte sie alles vertrauen, ihr durfte sie alles sagen, was sie auf dem Herzen hatte. Bei ihr fand sie Verständnis für ihre Sorgen und Nöte, für die vielfachen Bedrückungen, für ihr Leid und ihren Schmerz. Die alte Amme wusste alles anzuhören, sie war der gute Geist im Hause, der alles zu lenken und zu wenden wusste.

So lebte Ginestra Jahr um Jahr dahin, von Freuden und vom Leid gleichmäßig fern, wie in einer seltsamen Entrückung der Sinne und des Wollens. In der Einsamkeit der Waldtäler sah sie nur sehr selten Menschen, eigentlich nur dann, wenn die Untertanen kamen, um einmal im Monat den Zehnten abzuliefern, den

Sinister ihnen unbarmherzig abforderte. An solchen Tagen sah sie in die runzligen Gesichter der Bauern, die sie fragend und finster anblickten, blickte in die faltigen Antlitze der Frauen, verhungerte Gestalten mit flehenden Zügen, mit ihren abgezehrten Kindern auf dem Arm. Klaglos nahmen sie das Geld aus ihren Beuteln und gaben es hin, um ohne Gruß die weite Halle des Schlosses zu verlassen.

Diesen freudlosen Hingaben wohnte Ginestra bei, indem sie sich im Hintergrund der weiten, mit edlem Holz getäfelten Halle aufhielt. Sie konnte dabei immer wieder beobachten, wie rücksichtslos Sinister eintrieb, wie er einen jeden Einspruch, eine jede Klage, eine jede Bitte überhörte, als sei er taub und verhärtet. Und sie, Ginestra, sie konnte den Mut nicht aufbringen, hervorzutreten. Sie brachte es nicht über sich, zu den armen Leuten zu sprechen, sie anzuhören, um ihnen das zu erlassen, was nicht deren Schuld war, sondern ihre eigne dadurch, dass sie von ihnen die Zehnten nahm.

An den Abenden solcher Tage beugte Sinister mit immer gleichbleibender, unveränderlich düsterer Miene das Knie vor der Herrin und geleitete sie zu der Truhe, in der das Gold sich langsam häufte. Er hatte es verstanden, die Geldstücke der Bauern, ihr armseliges, erdarbtes Geld, in klingende Goldstücke umzuwechseln. Viele davon trugen noch das Bild des Burggrafen Margrat, seine höhnisch stolzen Züge. Die übrigen Münzen waren mit den Bildern der Herrscher von damals geprägt, umgeben von ihren klangvollen Namenszügen. Mit solchem Golde war die Truhe nun fast bis zum Rande gefüllt. In den Zeiten, da Margrat noch gelebt hatte, war sie stets fast leer gewesen, weil der Burggraf das Geld mit vollen Händen vertan und zum Teil wieder unter seine eigenen Leute, in seinen tollen Liebschaften, in Spiel und Trunk durchgebracht hatte. Jetzt aber stieg das Gold wie eine langsam schwellende Flut höher und höher, erst bis zur Höhe der Knie, dann bis zum Leibe, dass die Burggräfin fühlte, wie dieser stets anwachsende Strom sie eines Tages ertränken würde. Doch sie fühlte sich ohnmächtig, kein Entschluss konnte sie von der unseligen Verklammerung ihres Schicksals lösen. Wie ein zu Stein gewordenes Bild ritt sie von nun an durch die waldigen Täler, und ihre Hand, die ehemals wohltätig gewesen war und mild, war wie versteinert. Wenn die Herrin ausgeritten war, pflegte Sinister den Schrein zu öffnen. Seine Hände tasteten dann wie blind in die leuchtende Fülle aus Gold hinein. Seine Augen leuchteten, während Gedanken an Raub und Gewalt mit Bildern von Macht und Reichtum in seiner Seele wechselten. Ginestra spürte nichts von alledem in der Versunkenheit, in der sie lebte, nicht die traurig fragenden Blicke der Amme Merete, die ihr treuer diente als je, noch die harte Verschlossenheit in den Zügen Sinisters. Sie lebte für sich dahin, fast ohne zu denken, in dem dumpfen Gefühl der Unfähigkeit ihrer selbst und der Ungerechtigkeit ihres Daseins. Sie war verschlossen, still und ergeben, und ihre Tränen drangen nach innen statt nach außen, sodass das Volk anfing, von der verhärteten Gräfin zu sprechen und ihr nachsagte, Sinister habe sie so in seine Gewalt gebracht, dass sie ihm willenlos zu eigen sei und folgen müsse.

In dieser Zeit ihres Lebens, in der sie ratlos und rastlos von Raum zu Raum, von Gemach zu Gemach irrte, bald mit weit geöffneten sehenden Augen vom Balkon des Schlosses in die Fülle der grünen waldigen Täler hinausblickte, bald versunken, die Hände in den Schoss gelegt hatte, tatenlos in den weiten Gewölben saß und vor sich hinstarrte, hatte sie einen Traum , der Schicksal und Erfüllung ihres Lebens wurde.

Vom Hofgeding träumte sie, wie es der Burggraf einst, als er noch lebte, dreimal im Jahr abzuhalten pflegte, das eine Mal am Montag nach dem Dreikönigstag, zum andern am zweiten Montag nach Ostern und zum dritten am Montag nach Johannes des Täufers Geburt. Der Burggraf war zu solchem Hofgedinge auf einem apfelgrauen Hengst geritten. Auf seiner beschirmten Hand hatte ein weißer Falke gesessen, der seinen Kopf mit den blitzenden Augen in gemessenen Bewegungen drehte. Zwei weiße Windhunde waren neben dem Hengst in gleichmäßigem Trab hergelaufen, während vier Diener auf dunklen Rossen, den Gerichtsboten in ihrer Mitte, gefolgt waren. Den Beschluss hatte Sinister gebildet, auf einem großen Fuchs, der schwer zu bändigen war und durch häufige Seitensprünge seinen Reiter abzu-

werfen versuchte. Zuweilen hatte sich der schlanke Falke auf
der Hand des Burggrafen erhoben, war mit hartem Flügelschlag
aufgestiegen und hatte sich hoch oben im Blau der weiten
Himmelsglocke verloren, um erst nach geraumer Zeit auf die
Hand des Herren zurückzukehren.

Nun war der Zug am Zehnthaus angekommen, einem niedrigen gestreckten Gebäude. Der Burggraf musste eine Reitgerte
quer vor sich auf dem Sattel liegen haben, so erforderte es die
Gewohnheit, so musste er durch das weite Tor des Zehnthauses
reiten und sich darin mit dem Pferde wenden. Das Tor aber
musste so weit geöffnet sein, dass es die Gerte bei der Wendung
nicht anrührte. Dem Falken musste beim Kommen ein Huhn
gegeben werden, für den apfelgrauen Hengst war ein Garben-
bündel bereitgestellt, das in einer Tonne steckte. Die Hunde aber
durften frei umherlaufen, sie trieben sich unter den Tischen in
dem Saal herum.

Dann hatte Ginestra das Bild des Gedingstages deutlich vor
sich gesehen, zu dem alle Lehnsmänner des Burggrafen zu
erscheinen hatten. Margrat hatte die Verhandlungen mit harter
Miene geleitet, zu seiner Rechten mit steinernem Gesicht Sinister, der ihm von Zeit zu Zeit dies oder jenes zugeflüstert hatte.
Einer der Lehnsmänner nach dem andern hatte an den Tisch
treten müssen, an dem der Burggraf saß. Oft hatte die Reitgerte
hart aufgeklatscht, zuweilen war sie wie ein schneller Pfeil
diesem oder jenem gegen das Gesicht gefahren. Aber nun war
das Außerordentliche geschehen, so deutlich, dass es der Burggräfin durch alle Glieder gezuckt hatte: Durch die Menge, die
eng Kopf an Kopf den nicht großen Raum erfüllte, hatte sich ein
Fremder gedrängt, ein uralter Greis mit herrischen Gesten und
faltigen Zügen, gekleidet in ein weites gelbes Gewand von
leuchtend greller Farbigkeit.

Still war es geworden, die Menge der Lehnsleute hatte
erschüttert geschwiegen und dem seltsamen Schauspiel beige-
wohnt, wie nun der Fremde den Burggrafen erreicht und ihn mit
knochigen Bewegungen umarmt hatte. Margrat war über diese
unerwartete Begegnung so erstaunt gewesen, dass er es hatte
geschehen lassen und dann erst nach der Reitpeitsche greifen

wollte, die zu seiner Linken lag. Indessen hatte der Gelbe den
Sinister umarmt, und auch er hatte es geschehen lassen, wie
willenlos. Und nun hatte der Greis sich an die Lehnsleute
gewendet, die erstarrt auf ihren Plätzen standen. Einem jeden
von ihnen hatte er die gleiche Begrüßung zuteil werden lassen,
so wie ein großer Feldherr den verdienten Krieger ehrend
umarmt.

So schnell war der gelbe Greis durch die Reihen geschritten,
dass keiner mehr den anderen hatte anblicken können. Als erster
war der leichenblass gewordene Burggraf von seinem Sitz
gestürzt, er hatte seine Reitgerte hoch in die Luft erhoben. Dann
war er, sich aufbäumend, zu Boden gestürzt. Ihm war lautlos
Sinister gefolgt, und nun stürzten die Lehnsleute über- und
untereinander, wie Puppen in einem Figurenspiel, wenn es ge-
endet hat. Ein namenloser Schreck und fürchterliche Angst hatte
sich in ihren erstarrten Gesichtern gespiegelt.

Indessen hatte der Gelbe den Saal längst verlassen. Er hatte
sich ins Freie begeben und war ins nächste Dorf gewandert.
Auch dort war er in die Gemächer gedrungen, hatte sich über die
Wiegen gebeugt, war von Tisch zu Tisch, von Bett zu Bett ge-
wandert; und von seiner tödlichen Umarmung waren alle blass
geworden und lautlos niedergesunken. So war der Greis von
Dorf zu Dorf gezogen, das Grauen war vorausgezogen, das
Verderben gefolgt.

Nun wurde es still im ganzen Lande. Alle, alle waren gestorben und lagen mit bleichen, verzerrten Gesichtern da, wo das
Unheil sie getroffen hatte, die Armen in den Dörfern und die
Reichen auf ihren Schlössern. Sinister lag neben seinem Herrn
im Saale des Zehnthauses. Merete hatte es getroffen, als sie an
einem Gewande für die Herrin nähte. Der Eintritt des Gelben
hatte sie in einen solchen Schrecken versetzt, dass sie entseelt zu
Boden geglitten war, noch ehe er sie berührt hatte.

Nur sie selbst, Ginestra – so träumte ihr – war am Leben
geblieben. Sie war die einzige, die der gelbe Tod auf seinen
weiten Gängen durch das Land verschont hatte. Und nun lebte
sie allein und einsam auf dem großen Schloss, dessen Gewölbe
von ihren Tritten widerhallten, lauter als einst, weil kein anderes

114

Geräusch mehr da war. Einsam wanderte sie schweren Schrittes treppauf und treppab, immer aufs neue erschreckt von dem Schall ihres Daseins, das ihr bisher nie bewusst geworden war. Zugleich aber war ein Neues in ihr aufgetaucht, war wach geworden nach langer Versunkenheit, die Schuld, die alte, unvergessene Schuld, die sie seit so vielen Jahren in sich getragen hatte. War sie zu sühnen, und wie, nun, da alles um sie herum tot und sie die einzige Lebende in diesem Land war, das der gelbe Tod so plötzlich befallen hatte.

Ein Geräusch war an ihr Ohr geklungen, ein Klappern, ein Rascheln. Es schien aus der Truhe zu kommen, in der Sinister das gemünzte Gold häufte, wenn er es aus den armseligen Batzen der Untertanen gewechselt hatte. Es klang und war so, als ob das Gold nach ihr riefe. Sie hatte die Truhe mit viel Mühe geöffnet, ihren schweren Deckel nach oben geschlagen und eine Mäusefamilie darin gefunden, die sich in der kalten Einsamkeit der klingenden Münzen angesiedelt hatte. Die Tiere waren halb verhungert in ihrem Gefängnis und raschelnd entschlüpft. Ginestra hatte von dem Gold genommen, mit vollen Händen hatte sie es an sich gerissen. Dann hatte sie mit eigner Hand ihr Pferd gesattelt, den Fuchs, der wiehernd im Stall stand und den Kopf nach der Herrin wendete, sie hatte die Satteltasschen mit dem leuchtenden Golde gefüllt bis an ihren Rand. Sie war in die Einsamkeit der stillen Täler, der Felder und der Wälder hinausgeritten und hatte das Geld ausgestreut an den Wegrändern, an den Hängen, überall dort im Lande, wo es weithin leuchten konnte. Gelbrötlich hatte es geblinkt im Schein der untergehenden Sonne. Gierig hatten die kalten Münzen das warme, leuchtende Licht in ihre geprägten Formen aufgenommen und widergestrahlt. Dann war sie heimgeritten, aber das gelbe Leuchten hatte sie die ganze Nacht hindurch begleitet.

Eine volle Woche lang war sie Tag für Tag geritten durch die Täler, über die Höhen und hatte das Gold mit vollen Händen ausgestreut. An einzelnen Stellen hatte es in hellen Haufen gelegen, wie breite Dolden hatten die Goldstücke geblüht. Die Truhe war inzwischen geleert, in ihr Herz war ein warmes Leuchten eingezogen. Zum ersten Mal, seit sie ein Kind gewesen war, war tiefe innere Befriedigung wie von einer endlich erfüllten Pflicht gekommen, sich selbst und anderen gegenüber.

Und nun träumte sie weiter, ein Frühling sei über das Land gezogen in all seiner Pracht mit einem Blühen weit und breit in den Tälern und auf den Höhen. Unter all den vielen Sträuchern des weiten Landes, die grünten und blühten, sei aber ein neuer Strauch gewesen einer mit gelben und gelbrötlichen Blüten von einer Leuchtkraft sondergleichen, dass es aus der Ferne aussah, als sei es gemünztes Gold, was da im Schimmer der Frühlingssonne lag und seine Strahlen aussandte.

Darüber war sie erwacht. Das Schwere und Drückende ihres Traumes lag ihr auf der Seele, zugleich aber war etwas wie eine Befreiung in sie hineingezogen, ein Gefühl der Wärme und Hingabe, der Hilfsbereitschaft, des Daseins für andere, wie es ihr bisher fremd gewesen war. Sie blickte hinaus in die Weite der Täler, die sich in langen Folgen vor ihr aufbauten. Wirklich, sie sah in der Ferne die leuchtend gelben Blüten des Strauches, den sie nie zuvor gesehen hatte. Das leuchtete so warm und hell in ihr Herz, dass ihr alle Einzelheiten ihres Traumes noch einmal sehr lebhaft vor die Seele traten.

Sie erhob sich, ging durch die Gemächer des Schlosses und blieb endlich vor der Truhe stehen, in der sie das Gold wusste. Wie in dem Traum öffnete sie die schweren Schlösser, sah, dass sie geöffnet waren, und hob mit Mühe den Deckel. Die Truhe war leer. Auf ihrem Grunde ringelte sich eine Schlange und hob zischend den Kopf zu ihr empor. Sinister hatte der Herrin einen Schlaftrunk gemischt und war in der Nacht, in der sie den langen, schweren Traum gehabt, mit dem ganzen Gold auf dem schweren Fuchs, den er zu reiten pflegte, entflohen.

Ginestra aber, ärmer geworden wie die Ärmsten ihrer Hörigen, war sich selbst wiedergegeben. Sie fühlte sich aus einem bösen Traum erwacht und begann ein neues Leben, das in seiner Entsagung glücklicher war als das Leben ohne Erfüllung, das sie vorher geführt hatte. Sie hatte den Armen genommen, jetzt erlebte sie, wie die Armen ihr gaben, dass Mitleid aufblühte wie eine neue Blume inmitten von Sorge und Not. Merete, die

Amme, war bei ihr geblieben und diente ihr ebenso treu in der
Not wie vorher im Reichtum

Wie Gold blüht seitdem Jahr um Jahr im Frühling der Strauch,
den man nach der Ginestra Ginster nennt.

(n. Armin Renker)

Der Hase Hubertus

D er Hase Hubertus saß am Mittag unter einem Haselstrauch und mümmelte. Er zog die Nase hoch und sah
von oben herunter auf die Schnecke Flora, die langsam
vor ihm dahinkroch. „Unglaublich, wie langsam du bist", sagte
er „kommst du wirklich nicht schneller voran? Man muss ja
schon gähnen vor Langeweile, wenn man dich sieht!" Die
Schnecke zog ihre Fühler ein und blieb auf der Stelle liegen. Sie
fühlte sich beleidigt, „du bist bloß faul", schimpfte der Hase
weiter. „Gibt dir Mühe, dann wirst du lernen, in der Welt weiterzukommen, wenn du auch nicht so begabt bist wie ein Hase."
Um zu zeigen, wie begabt ein Hase ist, sprang Hubertus zweimal hoch, drehte sich um sich selbst und rannte davon.

Erst am Abend kam er wieder zum Haselstrauch. Die
Schnecke Flora war in der ganzen Zeit kaum weitergekommen.
„So dumm möchte ich nicht sein, den ganzen Tag mit dem
Bauch im Dreck zu liegen und nichts zu sehen von der Welt!" –
„Ich kann doch nichts anders tun"; antwortete die Schnecke
leise und vorwurfsvoll. Ich muss so sein!"

„Muss, muss, haha! Ich tue nie, was ich muss, ich tue nur, was
ich will!", lachte der Hase „Hoppla-hoppla!" Er sprang wieder
zweimal hoch und drehte sich um sich selbst. Fortrennen konnte
er diesmal nicht. denn vor ihm standen auf einmal zwei lange
Beine. Und der Mann, dem sie gehörten, packte den Hasen bei
den Ohren und steckte Hubertus in einen Sack, der oben zuge-
bunden wurde.

Obwohl der Hase auch strampelte und mit den Hinterläufen
ausschlug, er wurde mit dem Sack in ein Auto geworfen, und los

ging die Fahrt. Vor Schreck hielt sich Hubertus ganz still. Er stellte sich tot, was bei den Hasen ein Mittel ist, andere Leute zu täuschen.

Aber der Mann, der ihn gefangen hatte, ließ sich nicht täuschen. Er sprach während der Fahrt mit dem Hasen. „Du kommst mir gerade recht. Einen Hasen, der sprechen kann, den kann ich gut gebrauchen. Wenn du auch nicht so begabt bist wie ich, so wirst du schon lernen, in der Welt weiterzukommen, wenn du dir Mühe gibst." Hubertus merkte, dass das fast die gleichen Worte waren, die er der Schnecke Flora vorgeredet hatte.

Als das Auto hielt, setzte der Mann den Hasen in einen Käfig und gab ihm frisches Gras und Klee zu fressen. Danach sagte er zu ihm: „Sprich mir nach: Lirum, larum, Löffelstiel, kleiner Hase weiß nicht viel!" Zunächst wollte Hubertus nicht, aber nachdem ihm der Mann ein wenig an den Barthaaren gezupft hatte, murmelte er den Satz richtig. „Aha", sagte der Mann, „wusste ich doch, dass du schlau bist. Du wirst mit mir im Zirkus auftreten."

Hubertus wusste nicht, was ein Zirkus ist, aber er lernte ihn am nächsten Tag kennen. Sein Herr wurde sein Freund, und Hubertus wurde ein ausgezeichneter Zirkushase. – Weil er trotzdem manchmal auszuwischen versuchte, um zu seinem alten Haselstrauch zu laufen, verwandelte ihn sein Herr, der Zauberer, schließlich in einen Stoffhasen, und dabei blieb es.

(Maria Therese Weinert)

Von den Hinzenmännchen

Die Aachener Hinzenmännchen waren nicht so beliebt wie die berühmten Kölner Heinzelmännchen. In Köln verrichteten die kleinen Zwerge bekanntermaßen für dankbare und brave Bürger so mancherlei Arbeit bei Nacht, so dass diese Menschen dann bei Tag ihren verschiedenen Neigungen nachgehen konnten. In Aachen dagegen waren die Hinzenmännchen eher unberechenbar. Zuerst sollten sie auf der Emmaburg in Kelmis aufgetaucht sein. Man konnte ihrem ungebärdigen Treiben gut folgen, wenn man das Ohr auf die Erde legte, denn die Zwerge feierten ihre wilden Feste vorzugsweise in Erdlöchern. Später belagerten die Hinzenmännchen die Gegend der Groß- und Kleinkölnstrasse. Als echte Schnapsnasen stahlen sie in der Umgebung Gerätschaften wie Schüsseln, Tassen und Gläser und bettelten auch ansonsten bei nächtlichen Heimkehrern um ein Trinkgeld. Irgendwann wurde den Aachenern das Treiben zu bunt, und man trieb die ganze Bande durch die Alexanderstrasse in die Hinzengasse. Die Jagd endete am Hinzenturm, in dem die Kobolde Zuflucht suchten.

Ein Mitglied der Hinzenfamilie jedoch muss ein wenig mehr so veranlagt gewesen sein, wie seine Namensvettern aus Köln. Denn man berichtet von einem Aachener Bäcker, dem es dank

der tätigen Mithilfe eines kleinen Kobolds besser erging als seinen Berufsgenossen. Das Hinzenmännchen erledigte die gesamte Arbeit des Knetens, Formens und Backens, während der Meister sich um nichts zu bemühen brauchte. Und seiner Kundschaft mundete das Brot sehr wohl, so dass es dem Bäcker und seiner Frau rundherum gut erging. Eines Tages meinte die Bäckerfrau, dass es doch ein Jammer sei, dass der arme kleine Zwerg immer so nackend durch die Gegend laufen solle. Sie beschloss, dem Hinzenmännchen einen feinen Anzug zu nähen. Am nächsten Sonntag zog nun der kleine Wicht zum ersten Mal das gute Stück an, und er sah wirklich sehr stattlich darin aus. Doch am Montagmorgen staunte der Meister nicht wenig, als er nämlich in der Bachstube trat und kein einziges Brot vorfand. Statt dessen thronte das Hinzenmännchen in den neuen Kleidern auf einem Mehlsack und rührte sich nicht vom Platz. Auf die halbärgerliche Frage des Bäckers, was denn diese zu bedeuten habe, verkündete der Zwerg, dass er nun ein Junker sei und nicht mehr arbeiten wolle. Damit sprang er auf und verschwand durch die Tür. Der Bäckermeister musste sich von nun an wieder daran gewöhnen, was es heißt, mitten in der Nacht aufzustehen, um das Brot selber zu backen. Das hatte er nämlich schon ganz vergessen.

Zu diesem Bäckermeister ist der undankbare Bursche nicht wieder zurückgekehrt. Etwa ein Jahr nach dem Verschwinden des fleißigen, aber eitlen kleinen Helfers jedoch tauchte das Hinzenmännchen bei einem anderen Mitglied der Bäckerinnung wieder auf. Diesmal blieb es jedoch unerkannt, denn es verrichtet seine Arbeit unsichtbar. Was der kleine Kerl in der Zwischenzeit unternommen hatte und weshalb er überhaupt weggegangen und wieder zurückgekehrt war, wird man wohl nie erfahren. Es ist immer sein Geheimnis geblieben. Der neue Dienstherr jedoch nahm die Hilfe des Wichtels nicht so dankbar an wie der vorige Meister. Statt sich dem Hinzenmännchen erkenntlich zu zeigen, dachte sich der Bäcker übermütig einen Streich aus. Wie in Köln des Schneiders neugierige Frau, so streute auch in Aachen der Bäcker heimlich des Nachts Erbsen auf die Treppe. Als die Turmuhr zwölf schlug, öffnete sich die

Speichertür, und das Hinzenmännchen wollte die Treppe hinabsteigen, um die Backstube in Betrieb zu nehmen. Es rutschte auf den hinterlistig verteilten Erbsen aus und fiel holterdiepolter die Stufen hinab. Der Bäcker sollte nicht lange Spaß an seinem üblen Streich haben, denn das Hinzenmännchen verschwand so unsichtbar, wie es gekommen war. Nie wieder ist ein Mitglied seiner Familie bei einem Handwerker eingekehrt, jeder hat von da an selbst arbeiten müssen.

Alle Hinzenmännchen sind aus Aachen verschwunden, sowohl die wilden als auch – leider – die gutmütigen und hilfsbereiten Gesellen.

(n. Anke Schmitt und Manfred Vieter)

Die Heinzelmännchen

In der guten alten Zeit, als noch gutmütige Zwerge den Menschen hilfreich erschienen, haben sie mit mancherlei Beweisen freundlicher Gesinnung die Leute beglückt. In Schluchten und Höhlen hatten sie zumeist ihre palastartigen Wohnungen aufgeschlagen und hüteten dort neben anderer Schätze unermessliche Metallschätze der Erde. Sie sind auch als Bergleute und vortreffliche Metallarbeiter tätig gewesen, die herrliche Kleinodien und Waffen, so den Schatz der Nibelungen, verfertigten. Sie lebten, von Königen beherrscht, als Freunde der Finsternis, die sie nicht meiden durften, wollten sie an der Sonne nicht zu Stein werden. Mit der Zeit aber durften sie ungestraft an die Oberfläche der Erde, wohin sie durch Zwergenlöcher gelangten und den Menschen schlau auswichen. Wo sie früher zum Nutzen und Segen der Bevölkerung geschaltet und gewaltet haben, hat sie nun die fortschreitende Zivilisation vertrieben.

Niemand hat je so ein Zwerglein gesehen. Ihre Größe war verschieden und wechselte von der Größe eines Daumens und einer Spanne bis zu der eines vierjährigen Kindes. Alle kennzeichnete ein verhältnismäßig großer Kopf. Den Körper verunstaltete häufig ein Höcker. Doch sahen sie in ihrer Bergmannstracht und mit Zipfelkappen sehr possierlich aus. Die Leute nannten sie Heinzchen, auch Heinzelmännchen.

Auch in der alten Stadt Köln gab es solche Heinzelmännchen, und die Kölner wussten viel Erbauliches von ihnen zu berichten. Zimmerleute und andere Handwerker hatten damals mehr Feiertage, als im Kalender standen. Legten sich die Zimmerleute auf die lange Bank, so kamen inzwischen die flinken Männchen und sägten und hämmerten nach Herzenslust. Ehe sich's der Zimmermann versah, stand das ganze Haus schon fertig da.

Ebenso ging es beim Bäckermeister zu. Während die Lehrlinge und Gesellen schliefen, ächzten die Männchen mit den schweren Säcken daher, wogen, hoben und schoben und kneteten. Noch ehe die Gesellen erwachten, duftete bereits das Morgenbrot auf dem Schiebbrett. Dem Metzger widerfuhr dieselbe erfreuliche Hilfe; die nächtlichen Helfer hackten, mengten und mischten, und wenn die Gesellen verschlafen die Augen rieben, hingen im Laden schon die wohlschmeckendsten Würste. Auch der Böttcher freute sich über den verschwiegenen Besuch der fleißigen Zwerge.

Auch der Schneider wurde von ihrer Gunst beglückt. Das würdige Stadtoberhaupt hatte ihm einen Staatsrock in Auftrag gegeben, und emsig führte die Hand des Meisters die Nadel. Doch ihm erging es, wie es schon vorher unzähligen Schneiderlein ergangen war, er nickte über seiner Arbeit ein. Da regte es sich im Zimmer, und auf den Schneidertisch sprangen die Männchen, nähten und passten und strichen mit kundiger Hand. Als der Schneidermeister erwachte, war des Bürgermeisters Rock fertig. Darüber war er höchst erfreut, und staunend stand seine Frau da und fand nicht genug lobende Worte.

Sie war ein junges Weib, das die Neugierde schon oft geplagt hatte. Jetzt saß sie ihr schon wieder im Nacken und raunte ihr loses Zeug ins Weiberohr. Da ist ein Schelmengedanke in ihr aufgeblitzt.

Am Abend, als der Schneidermeister bereits schlief, erhob sie sich vorsichtig und streute im Zimmer und auf die Treppe Erbsen. Dann stellte sie sich hinter die Tür und lauschte. Bald wurde es auf der Treppe lebendig. Zuerst vernahm sie ein Trip-

peln, dann ein Hinschlagen, ein Ausgleiten, ein Fallen und
Kollern, dazwischen Lärmen und Schreien. Hurtig kam des
Schneiders boshaftes Weib hinter der Tür hervor, aber schon
waren alle Heinzelmännchen verschwunden.

Seitdem sind die Heinzelmännchen niemals mehr in Köln
gesehen worden, auch anderwärts hat man von ihnen nichts
mehr gehört.

(n. Wilhelm Ruland)

Die Schneefrau am Weihnachtsmorgen

Im Lande Luxemburg herrschte bittere Not. Die Ernte war schlecht geraten, und die Väter wussten nicht, wie sie Brot für Frau und Kinder schaffen sollten.

Ein armer Weber kam am frühen Weihnachtsmorgen aus der Christmette. Er schritt still, in Gedanken versunken dahin, denn er grübelte nach, wie er seinen fünf Kindern, die daheim Hunger litten, helfen könnte. Vergebens, er fand keinen Ausweg. Eben wollte er die Sauerbrücke überschreiten, da sah er unweit des alten Burgturmes eine wundersame Jungfrau in einem schneeweißen Kleide, die ihm freundlich zuwinkte. „Mut, mein lieber Mann!" sprach sie, „kennst du mich denn nicht? Ich komme an jedem Weihnachtsmorgen, um armen, notleidenen Menschen zu helfen. Ich verstehe deinen Kummer, denn ich weiß, dass deine Kinder darben. Doch die Zeit der Not hat für sie und dich ein Ende. Folge getrost meinem Rat! Steig heute um Mitternacht auf die Burg! Am Gemäuer zur Linken wirst du eine Schneelilie sehen. Du darfst sie abpflücken; sie gibt dir das Recht, alles an dich zu nehmen, was du danach siehst und vorfindest, denn alles ist dein!" Nachdem sie so gesprochen hatte, entschwand sie seinen Augen.

Der gute Weber überlegte den ganzen Tag, ob er sich um Mitternacht zur Burg hinaufgetrauen solle. Er hatte ein reines Gewissen und machte sich, als der Spätabend angebrochen war, rechtzeitig auf den Weg. Die zwölfte Stunde schlug vom Turme, da stand er auf der Burg. Es war bitterkalt. Plötzlich entdeckte er einen hellglänzenden Schein. Er näherte sich dem geheimnisvollen Leuchten und fand eine blühende Schneelilie. Schnell brach er sie ab. Kaum aber hatte er dies getan, so stand die gütige Schneefrau in blendendweißem Gewande vor ihm. Sie grüßte ihn mit einem ermunternden Lächeln und zeigte mit der Hand auf einen Bodenriss. Dieser öffnete sich, und ein großer Kübel, gefüllt mit glitzerndem Golde, stieg, von unsichtbarer Kraft

gehoben empor. Dem Weber war durch den Anblick der weißen Frau alle Furcht und Scheu geschwunden, und er griff nach Herzenslust zu. Nachdem seine Taschen mit Gold gefüllt waren, dankte er seiner Wohltäterin und trat den Heimweg an.

Von diesem Tage an war sein Wohlstand so groß, dass er vielen andern armen Webern Arbeit und Brot geben konnte. So blühte das Weberhandwerk seiner Heimat wieder auf, und ein zufriedenes Völkchen bewohnte von nun an das Burgdorf im Tale.

(Michel Molitor)

Biografien

Max von Mallinckrodt

wurde in 1873 in Köln geboren, wo die Familie seit zwei Generationen lebte. Er studierte Jura und lebte eine Zeitlang in Paris. Später kaufte er im Kreis Euskirchen Wald und Felder. In der Nähe von Kreuzweingarten baute er ein schönes Haus - heute „Maria Rast" –, heiratete, bekam zwei Kinder und widmete sich seinen Neigungen. Er schrieb Dramen über das Altertum, viele Aufsätze über die Familiengeschichte sowie Beiträge zur Heimatkunde.
Max von Mallinckrodt starb 1944 und liegt auf dem von ihm angelegten Friedhof in seinem Wald begraben. Bekannt von ihm sind vor allem seine beiden Märchembände „Mären und Märchen" (1913 u. 1915).

H.v. Mallinckrodt

Dr. Wilhelm Matthießen

wurde 1891 in Gemünd/Eifel, Stadt Schleiden, als Sohn eines Rechtsrates geboren und machte sein Abitur in Düsseldorf. Dann studierte er in Berlin und Bonn Theologie und Philosophie. Von 1925 bis 1940 wohnte er mit seiner Familie in der Nordeifel, in einem Waldhäuschen im Kottenforst und in Godesberg.
Vielerorts war er als Jugendschriftsteller bekannt. Weithin kannte man seine Bücher „Das alte Haus" (Märchenbuch) und „Das rote U" (Jugendkrimi).
Wiederholt verbrachte Matthießen seinen Urlaub in seinem Geburtsort Gemünd. Später übersiedelte er nach München und schließlich in das niederbayrische Steinach bei Straubing, wo er im Alter von 74 Jahren starb.
Der Jugendschriftsteller Matthießen schrieb insgesamt acht Märchenbücher, u.a. „Die grüne Schule", „Der bunte Kuckuck", „Die Katzenburg", „Die alte Gasse" und „Das Schönste aus dem Märchenland".

K. Guthausen

Agelika Harten

alias: R. Fabri de Fabris
wurde 1858 in Neuß geboren. Ihr Vater war Gymnasialdirektor und wurde 1870 zum Jesuitenkolleg nach Münstereifel versetzt. 1875 ging er nach Emmerich. Seine Tochter blieb jedoch in Münstereifel und besuchte die Pensionsschule der Ursulinen von St. Salvator. Sie legte das Examen als Lehrerin ab und war zunächst in Bochum und später in Aachen tätig. 1882 heiratete sie den Aachener Fabrikdirektor Joseph Schmitz der 1897 starb.

Ab 1895 veröffentlichte sie unter dem Namen Angelika Harten und R. Fabri de Fabris zahlreiche Erzählungen, Märchen und Jungmädchenromane. Hohe Auflagen erreichten ihre drei „Wildfang"-Bände, in denen auch Märchen zu finden sind. Insgesamt sind 39 Bücher von ihr bekannt; dazu kommen zahlreiche Veröffentlichungen in Zeitschriften der damaligen Zeit.
Sterbeort und Sterbejahr (nach 1935) der Schriftstellerin sind unbekannt. In Aachen sind 1944 alle ihre Unterlagen verbrannt.

K. Guthausen/S. Lange

Armin Renker

wurde als Sohn einer alten Papiermacherfamilie 1891 in Schoellershammer bei Düren geboren. Nach der Heirat mit der Tochter des Feinpapierfabrikanten Schöller widmete er sich der Papierherstellung.
Renker besuchte das Realgymnasium in Düren und studierte dann an der Technischen Hochschule in Darmstadt, an der Universität zu Grenoble und an der Handelshochschule zu Berlin. Von 1946 bis 1948 war er Landrat des Kreises Düren. Als Papierforscher hatte Armin Renker einen weltbekannten Namen und veröffentlichte eine umfangreiche Fachliteratur. Daneben ist er als Schriftsteller und Dichter in der Literatur verzeichnet. Durch ihn wurde der Sagen- und Märchenschatz seiner Heimat bekannt, so durch „Zwischen Venn und Moor" und durch Veröffentlichungen in anderer Heimatliteratur.
Seit 1961 ruht Armin Renker auf einem kleinen Bergfriedhof von Zerkall in der Eifelerde.

K. Guthausen

Theodor Seidenfaden

wurde am 14. Januar 1886 in Köln geboren. Nach dem Abitur besuchte er das Lehrerseminar in Bonn und wurde Volksschullehrer. Begleitend studierte er am Musikkonservatorium in Köln. Schwerpunkte seiner Studien waren Klavier und Geige.
1906 bewarb er sich dann für den Schuldienst auf dem Lande, und zwar in Bessenich bei Zülpich. Er heiratete 1912 und wurde Vater von sechs Kindern.
Nach der Teilnahme am Ersten Weltkrieg wurde Seidenfaden Rektor an der Volksschule in Königshofen und ab 1934 bis zu seiner Pensionierung 1949 Stadtschulrat in seiner Heimatstadt Köln.
Das literarische Werk des Lehrers und Schriftstellers umfaßt über 80 Publikationen. Er wollte u.a. die deutschen Volkssagen neu gestalten. Weithin bekannt sind seine Märchen, die in Lesebüchern und Heimatkalendern veröffentlicht wurden.
Theodor Seidenfaden verstarb am 6. August 1979 in Hattingen.

W. Seidenfaden/K. Guthausen

Literaturverzeichnis

Banneux, Louis: L'Ardenne Mysterieuse, Brüssel 1930

Baur, Viktor: Eifelballaden, Düren 1965

Benner-Royé, Marga: Aachener Märchen, Aachen 1981

Harten, Angelika: Im Zauberland, Köln o.J.

Mallinckroth, Max: Mären und Märchen, Leibzig 1913 u. 1914

Matthießen, Dr. Wilhelm: Der verzauberte Rosengarten, Freiburg 1991

Molitor, Michel und Berchem, Leo: Heimatsagen, Luxemburg 1929

Renker, Armin: Zwischen Venn und Maar, Köln o.J.

Ruland, Wilhelm: Rheinisches Sagenbuch, Köln o.J.

Schütt, Anke/Viktor, Manfred: Aachener Sagen und Legenden, Aachen 1998

Seidenfaden Theodor: Die Schuhe der Frau Holle, Saarlautern 1941

ders.: Die Teufelsschlucht, Saarlouis 1921

Steinmetz, B. M.: Altgold und Neusilber, Paderborn 1921

Stolz P.: Die Sagen der Eifel, Aachen 1888

Verbeek, Paul: Geschichten vom Pittermännchen, Freiburg 1931

Wagner, Reinhold: Ritter, Räuber, Heilige, Bernkastel-Wittlich 1991

Warker, N.: Wintergrün, Arlon 1890

Weinert, Maria Therese: Zwischen Traum und Wirklichkeit, Eupen 1986

Weitershagen, Paul: Rheinische Märchen, Köln 1970

Das Monschauer Land Jahrbuch 1991

Deutsches Lesebuch für Volksschulen, 5./6. Schuljahr, Düsseldorf 1935

Eifeljahrbuch 1962

Eifelkalender 1942, 1956, 1967

Heimatkalender Kreis Euskirchen 1958

Zum Autor

Karl Guthausen wurde 1921 in Dahlem geboren.

Bis zur Schulreform war er Lehrer an der Landschule in Kallmuth, danach arbeitete er als Realschullehrer in Schleiden.

1946/47 als Student an der Uni Köln Teilnahme an der Vorlesung „Die Welt des Märchens" von Prof. Friedrich v. d. Leyen, einer der bekanntesten Märchenforscher unseres Jahrhunderts.

1949 Auszeichnung mit dem Rheinlandtaler in Schleiden für Verdienste um die rheinische Kulturpflege.

1984 Silberne Verdienstnadel des Eifelvereins für besondere Verdienste um die Heimat und den Eifelverein.

1996 in St. Vith Verleihung des Dr.-Anton-Hecking-Schildes für Verdienste um die Förderung des Brauchtums und der Kultur des Rhein-Main-Mosel-Raumes im allgemeinen und des Gebietes zwischen Venn und Schneifel im besonderen.

Karl Guthausen ist durch diverse Publikationen als Heimatautor bekannt; so war er auch der erste Empfänger des Rheinlandtalers im ehemaligen Kreis Schleiden.

Seine bisherigen Publikationen:
> „Flurnamen der Gemarkung Dahlem/Eifel",
> „Siedlungsnamen des Kreises Schleiden",
> „Meine Heimat – Dahlem/Eifel",
> „Kallmuth – Dorf am Pflugberg",
> „Schleiden – Vergangenheit und Gegenwart",
> „Der Hüttenmeister Stejnmans",
> „Sagen und Legenden aus Eifel und Ardennen", 3 Bde.

Regionalliteratur im Helios-Verlag (Auswahl)

Bauer: Trierische Schimpfwörter - ein Wörterbuch für Schwätzer on Dielebradscheler, DM 18,50

Kaufmann: Aus Geschichte und Kultur der Eifel, DM 23,—

Kremer: Das lachende Eifeldorf - Schnurren und Schwänke, DM 24,—

Pracht: täntze, todt und teuffel - Die grausame Spur der Hexenverfolgung in der Eifel, DM 44,50

Lange: Küche, Kinder, Kirche - Aus dem Leben der Frauen in der Eifel, DM 39,80

Lange: Alt-Eifeler Küche Band I Kochen, DM 39,80

Lange: Alt-Eifeler Küche Band II Backen, DM 39,80

Lange: Als feines Fräulein hinterm Pflug - Das ungewöhnliche Leben der Else Pfefferkorn in der Eifel, DM 29,80

Lange: Steht die Sonne auf Stippen ... - Eifeler Bauernregeln und volkskundlicher Wetterglauben, DM 39,80

Lange: Die Jahreszeiten - Eine literarische Reise durch die Eifel, DM 19,80

Schröder: Brauchtumslandschaft Eifel Band I - Bräuche und Feste im Jahreskreis, DM 39,80

Schröder: Brauchtumslandschaft Eifel Band II - Feiern, Feste und Bräuche in Haus und Familie, DM 39,80

Schröder: Brauchtumslandschaft Eifel Band III - Volksfrömmigkeit früher und heute, DM 39,80

Schröder: Von Kesselflickern, Kalkbrennern und Korbmachern - Handwerk und Gewerbe im alten Eifeldorf, DM 39,80

Schröder: Von Kurbeln, Kesselhaken und Kappessteinen - Ländliches Leen und Schaffen im alten Eifeldorf, DM 39,80

Wagner: Geister, Grafen und Ganoven - Sagen, Legenden aus dem Moselland, DM 32,—

Wagner: Da lacht die Eifel - Schnurren, Schwänke, Schmunzelgeschichten, DM 24,80

Wagner: Sonne, Mond und Sterne - Die schönsten Märchen der Eifel, DM 39,80

Mertes: Mühlen der Eifel - Geschichte, Technik, Untergang, Band I, DM 68,—

Ferber: Vulkaneifelheimat - Bilder aus dem Kreis Daun von 1900-1950, DM 48,—

Ferber: De Pann opp de Desch - Anekdoten aus der Vulkaneifel, DM 32,50

Hay: Spaß beim Ernst - Heitere Eifeler Anekdoten, DM 24,80

Schäfer: Humor in der Nordeifel - Bemerkenswerte Begebenheiten, DM 24,80

Konrads: Vergessenes Land - Wiederentdeckte Eifel-Fotos von Joseph Jeiter, DM 48,—

Pitzen: Der Fluch der bösen Tat - Aus der Kriminalgeschichte der Eifel, DM 39,80

Klein: Sagen und Legenden von der Ahr bis zur Mosel, DM 39,80

Elenz: Schienen, Dampf und Kohlenstaub - Zur Geschichte des Eisenbahnbaus in der Eifel, DM 58,—

Krammer: Hornissen im Winter - Erinnerungen einer Eiflerin, DM 21,50

Hermanns: Verse, die mein Leben schrieb, DM 24,80

Bürger: Henker, Schinder und Ganoven - Unbekannte Kriminalfälle aus der Eifel des 18. Jahrhunderts, DM 39,80

Bürger: Henker, Schinder und Ganoven Teil II - Neuigkeiten zur Kriminalgeschichte der Eifel des 18. und 19. Jahrhunderts, DM 39,80

Bürger: Die Guillotine im Schatten des Domes - Zur Kriminalgeschichte Kölns in der Franzosenzeit (1794-1814), DM 43,08

Hansen: Auf den Spuren des Westwalls - Entdeckungen entlang einer fast vergessenen Wehranlage, DM 58,—

Thoma: Hart und herzlich - Dorfgeschichten aus der Eifel, DM 26,80

Thoma: Ich möchte Dir was sagen - Menschen und Landschaften der Eifel - Gedankenvolle Texte mit begleitenden Fotos, DM 19,80

Thoma: Mal knüppelhart, mal butterweich - Szenen aus dem Dorfleben der Eifel, DM 26,80

Mayer: Verführt, gezwungen und verloren - Der Klöppelkrieg von 1798 in der Eifel, DM 39,80

Dichter: Tausend Jahre überlebt! Erinnerungen aus einer Kindheit und Jugendzeit in der Eifel, DM 39,80

Pracht: Abschied von der Heimat - Die Eifeler Auswanderung nach Amerika im 19. Jahrhundert, DM 48,—

Thömmes: Tod am Eifelhimmel - Luftkrieg über der Eifel 1939-1945, DM 54,—

Schiffer: Hart und kalt sind ihre Felder - Geschichte und Volkskunde in der Nordeifel, DM 39,80

Kreutzer: Schröders Verdacht - Ein Thriller zwischen Rheinland und Sizilien, DM 18,50

Huppertz/Kell: Rur - Impressionen eines Wegbegleiters, DM 39,80

Schmitz: Damals in der Eifel - Wiederentdeckte Eifelfotos von Fredy Lange, DM 48,—

Otto/Ose: Musikwelt Eifel - 450 Jahre Musik- und Kulturgeschichte rund um die Eifel - Buch und CD, DM 38,50

Hansen: Mein Berg und Tal - Neue Eifelgedichte, DM 19,80

Niesen: Prinz Joachim und die Schweine - Geschichten und Anekdoten aus der Eifel (1898-1998), DM 39,80

Lang: „Und er hat sein helles Licht ..." - Eifler Weihnachtslesebuch, DM 39,80

Geschichtsverein „Prümer Land" e.V.: Die Explosionskatastrophe in Prüm am 15. Juli 1949 - Eine Dokumentation, DM 39,80

Güth/Paul/Schuh: Vom Feindflug nicht zurückgekehrt - Fliegerschicksale in Eifel, Rhein- und Moselland, DM 58,—

Hammes: Das Haus des Pfarrers in der Vulkaneifel - Der Blick hinter die Fassade führt uns auf eine unglaubliche Entdeckungsreise, DM 26,80

Hammes: Mit Zöpfen, Schürze, Nagelschuhen - Eine Kindheit in der Eifel zwischen Armut, Aberglaube und Fröhlichkeit, DM 14,80

Bürger, Pitzen, Serve, Zäck: Die Hölle schien losgelassen zu sein - Aus der Katastrophengeschichte des Eifeler Raumes, DM 46,—

Lerho: Aachen in alten Zeiten - Personen, Orte, Gebäude & „Ammerölschere", DM 39,80

Lerho: Alt-Aachener Wohnbauten - Ihre Geschichte, Einrichtungen und Bewohner, DM 39,80

Schmitt: Gedankenverlorenes (Gedichtband), DM 14,70

Hansen/Lois: Grenzwelten - Kurzgeschichten der unheimlichen Art zwischen Trier und dem Aachener Land, DM 32,80

Mann: Unser Aachen heute - Aachens Architektur im Stilwandel des 20. Jahrhunderts, DM 29,80

Lange: Eifeler Küche - Mit Kindern kochen, backen und erzählen, DM 38,—

Lange: „Die Eifel hat ihresgleichen nicht ..." - Sammlung von historischen Texten und Bildern, DM 24,80

Weber: „Prommeschmaer onn Rouhmestöck - Leben und Arbeiten in der Eifel anno dazumal", DM 39,80

Weber: „Bliev noch jett hieh, Du kanns su schön vezelle" - Geschichte und Geschichtchen aus der Eifel von anno dazumal, DM 26,80

van Londen: Liebe und andere Katastrophen - mit fotografischen Impressionen der Eifel, DM 24,80

Siemons: Casanova in Aachen - Im Weltbad der heißen Quellen machte der venezianische Abenteurer sein Meisterstück, DM 26,80

Schumacher: Glück gehabt zwischen Pyrenäen und Eismeer 1940-1946, DM 19,80

Schulze: Hunsrücker Schimpfwörter, Neck-, Spott- und Spitznamen, DM 22,—

Pracht: Vulkane, Quellen und Götter der Eifel, DM 44,80

Pitzen: Von Wölfen und Hunden in der Eifel, DM 44,50

Mayer: Klöster, Stifte, Orden der Eifel - gestern und heute Band I, DM 48,—

Keppers/Tautges: Prümer Land Album in alten Ansichtskarten - Band 3, DM 39,80

Schlimpen: Flegeljahre in der Eifel - Kindheit und Jugend in einem Eifeldorf, DM 26,80

Maas: Maare der Vulkaneifel - Gemündener-, Weinfelder- und Schalkenmehrener Maar, DM 24,80

Heinen: Die Todesfabrik - Espagit die geheime Granatenschmiede, DM 39,80

Jünger-Becker: Als Großvater Jakob noch lebte ..., DM 24,80

Kaiffenheim: Edelhure Nitribit - Die Rosemarie aus Mendig, DM 28,—

Lerho: Damals in Aachen, Burtscheid und Forst - Geschichte, Personen und Gebäude - Pikanntes und Prägnantes

Koenn: Von Abelong bos Zau dich Jong - Eifeler Wörter und Ausdrücke gesammelt und kurzweilig erklärt, DM 44,80

Thömmes: „Die Amis kommen!" - Die Eroberung der Eifel durch die Amerikaner 1944/1945, DM 58,—

Thömmes: „Die Amis kommen!" - Die Eroberung des Saar-Hunsrück-Raumes durch die Amerikaner 1944/1945, DM 58,—

Thömmes: Tod am Eifelhimmel - Der Luftkrieg über der Eifel 1939-1945, DM 54,—

Fagnoul: St. Vith in alten Zeiten - Geschichte, Personen und Gebäude - Pikanntes und Prägnantes, DM 43,40

Helios Verlags- und Buchvertriebsgesellschaft
Postfach 39 01 12, 52039 Aachen
Telefon: (02 41) 55 54 26 - Fax: (02 41) 55 84 93
eMail: Helios-Verlag@t-online.de

Heinz Schmitz (Hrsg.)

Damals in der Eifel
Wiederentdeckte Eifel-Fotos von Fredy Lange

Fredy Lange (1903-1989) wurde in Köln geboren. Schon in früher Kindheit zog er mit seinen Eltern in die Eifel. Nach seiner Ausbildung zum Fotografen ließ er sich Ende der zwanziger Jahre in Gerolstein nieder und machte sich selbständig. Von hier aus gingen Stadtansichten und Aufnahmen von Dörfern des näheren und weiteren Umkreises nach draußen. Die Vielzahl seiner Landschaftsaufnahmen läßt erkennen, wie Dörfer und Fluren aussahen, als ihnen Handwerk und bäuerliche Arbeit in überwiegender Handarbeit ein eigenes und unverkennbarer Gesicht verliehen. Lange dokumentierte bis in die siebziger Jahre Begebenheiten aus friedlichen und politisch umtriebigen Zeiten, aus kleinstädtischem und dörflichen Leben. Die Bilder werden von dem Herausgeber Heinz Schmitz erläutert, der in der Eifel geboren und groß geworden ist, der viele der dargestellten Vorgänge aus eigenem Erleben kennt.

144 Seiten, 132 Aufnahmen, Großformat, Leinen mit Schutzumschlag

DM 48,--

Sophie Lange

Steht die Sonne auf Stippen
Eifeler Bauernregeln und volkskundlicher Wetterglaube

Unsere Vorfahren beobachteten das Firmament sowie die Pflanzen- und Tierwelt und zogen Vergleiche zum Wetter. Zusätzlich fanden sie im Haus und bei der eigenen Befindlichkeit zahlreiche Hinweise auf die kommende Witterung. Es entstanden Vorhersagen, die über Jahrhunderte hinweg von Generation zu Generation weitergegeben wurden. Als Eifeler Volksgut sind diese Wettersprüche wert, gesammelt und aufgeschrieben zu werden. Welche Wetterregeln haben ihre Richtigkeit, bei welchen muß man eher skeptisch sein? Wo liegen die Wurzeln für die Zahl 40, die im volkskundlichen Wetterglauben eine fast magische Bedeutung hat? Diesen und vielen anderen Fragen wird in diesem Buch nachgegangen.

158 Seiten, Großformat, div. Bilder, Leinen mit Schutzumschlag

DM 39,80

Udo Bürger

Henker, Schinder & Ganoven (Bd. II)
Neuigkeiten zur Kriminalgeschichte der Eifel des 18. u. 19. Jhrts.

Die Reise in eine bisher weitgehend unentdeckte Welt der Kriminalität in der Eifel geht weiter. Nach dem 1997 erschienenen Band zu bislang unbekannten Kriminalfällen in der Eifel des 18. Jahrhunderts, werden im vorliegenden Buch Neuigkeiten zur Eifeler Kriminalgeschichte des 18. und 19. Jahrhunderts dargelegt. Bemerkenswert sind die einschneidenden Unterschiede zwischen diesen beiden Jahrhunderten.

Das Buch basiert auf bisher unbearbeitetem Archivmaterial.

„Was ist in meinem Heimatort an kriminalistischen Zwischenfällen passiert?, Was waren die Hintergründe und wie sind die Täter bestraft worden?". Auf solche und ähnliche Fragen versucht das Buch eine Antwort zu geben. Bitte beachten Sie auch Band I von „Henker, Schinder & Ganoven".

208 Seiten, 156 Abb., Leinen mit Schutzumschlag

DM 39,80